Nachtstaub und Klopfzeichen

In Dankbarkeit
Marie-Flore,
Juliette Anaïs
& Sarah
gewidmet

Karsten Dümmel

Nachtstaub und Klopfzeichen oder Die Akte Robert

Roman

: TRANSIT

Gneisenaustraße 2 · 10961 Berlin
www.transit-verlag.de

Umschlaggestaltung und Layout: Gudrun Fröba
Druck und Bindung: Pustet GmbH
ISBN 978-3-88747-224-5

Inhalt

Wir haben immer eine Wahl,
und sei's, uns denen nicht zu beugen,
die sie uns nahmen
Reiner Kunze

Prolog

Im Oktober des Jahres 1949 wurde in der Frauenhaftanstalt Hoheneck/Stollberg der wegen Boykotthetze zu zweimal fünfundzwanzig Jahren verurteilten Martha F. ein Sohn geboren, den sie, ohne ihren Mann gefragt zu haben, Hinrich nannte. Der Gefängnispfarrer taufte den Knaben der Wöchnerin wenige Tage später auf eben diesen Namen, wobei er auch für die mitgefangenen Frauen, Haus A, Zellenflur II, eine Freistunde erwirkte. Als Hinrichs Vater, ein Bäckermeister aus Anklam, der zur selben Zeit in Brandenburg einsaß, seinen Sohn das erste Mal zu sehen bekam, war dieser bereits vier Jahre, einen Monat und drei Wochen alt. Das war im Dezember 1953, in einer der letzten Wochen jener denkwürdigen Amnestie, die nur zu Teilen wirklich eine war.

Nach ihrer Haftentlassung und der Wiedereröffnung ihres alten Geschäftes glaubten die Eheleute, dass sie fortan mit Hinrich in der Zurückgezogenheit ihrer Mecklenburger Kreisstadt in Ruhe und Frieden leben könnten, auch wenn ihnen als privaten Unternehmern vom Magistrat untersagt wurde, einen Gesellen oder einen Lehrling einzustellen. Schrippen und Brot brauchte jeder, da musste nicht viel geredet werden. Die Preise waren festgelegt und hingen im Laden auf Tafeln aus.

Als Hinrich zwölf Jahre zählte, ging er, obgleich noch recht schwächlich, nach der Schule mit dem Vater Mehl holen. Auch im Winter bei klirrender Kälte fuhren sie mit dem Handwagen die drei Sack Mehl durch den Schnee, die der Vater pro Tag in seiner Backstube brauchte. Drei Zentner – täglich – sechsmal drei Zentner die Woche – sieben Kilometer zwischen Mühle und Backstube. Sommers wie winters. Sechsmal drei Zentner, sieben Kilometer.

Nachdem der genossenschaftliche Kraftverkehr seit Herbst 1961 den Selbständigen das Mehl nicht mehr lieferte, überlegte Hinrichs Vater – und mit ihm die sieben anderen privaten Bäcker der Stadt und der angrenzenden Dörfer, ob es nicht lohne, alles Geld zusammenzulegen und einen eigenen LKW zu kaufen, mit dem sie dann unabhängig wären gegenüber Hinz und Kunz. Als sie aber begannen, ihren Plan genauer zu bereden, fand sich keiner, der den Wagen hätte fahren können.

Im darauffolgenden Sommer lieferten die staatlichen Obstbaugenossenschaften, ohne jeden Grund zu nennen, keine Kirschen, keine Äpfel und keine Pflaumen. Im Herbst schließlich sperrte die Bäckerinnung den Privaten Kakao, Rosinen, Mandeln, Marzipan und Marmelade. Devisenmangel, hieß es. Staatshandel geht vor Privathandel. Die Alten aus der Stadt zahlten von da ab mit eingeweckten Erdbeeren und Pflaumenmusgläsern, mit Sultaninen und entöltem Kakaopulver aus Westpaketen oder aber mit dem Obst ihrer Gärten. Die jungen Familien kauften nur noch selten bei den Selbständigen. Die Auswahl war schmal – das Angebot nicht konstant. Vergeblich drängte der Magistrat Hinrichs Vater, das Geschäft zu verkaufen, zumindest aber die Bäckerei der Genossenschaft anzugliedern.

Hinrich, der längst ohne Begleitung mit dem Leiterwagen Mehl holte, trug in jenen Jahren Abend für Abend die Kuchenbleche oder die Stollen aus, die sein Vater tagsüber ausgebacken hatte, während Hinrichs Mutter im Laden bediente oder die Backstube wienerte. Nach der achten Klasse verließ Hinrich die Schule, obgleich er in Mathematik und Deutsch Klassenzweiter war. Er ging seinem Vater bis zu jenem Tag zur Hand, an dem die Bäckerei von einem Inspektor der städtischen Aufsichtsbehörde wegen gravierender technischer Mängel am Backofen geschlossen wurde. Am Abend desselben Tages erhängte sich Hinrichs Vater auf dem Wäscheboden. Die Frau starb sechs Wochen später.

Vergeblich bemühte sich Hinrich im folgenden und im darauffolgenden Jahr um eine Neuzulassung; er schloss die Bäckerlehre ab, heiratete achtzehnjährig und trug sich schon mit dem Gedanken, einen Meisterlehrgang zu beginnen, als er das Geschäft an die Stadt verkaufen musste, weil er, so hieß es, vorsätzlich volkswirtschaftlichen Nutzraum brachliegen ließ. An dem Tag, als die staatliche Genossenschaft, ohne irgendeine Reparatur vorgenommen oder wenigstens den Laden frisch geweißt zu haben, das Geschäft des Vaters als volkseigene Bäckerei eröffnete, schlug Hinrich mit Pflastersteinen beide Schaufenster ein und verfluchte – sechsmal drei Zentner, sieben Kilometer – öffentlich den Staatsratsvorsitzenden, den Spitzbart.

Seinen gerade geborenen Sohn sah er nie; Hinrich starb bereits während der ersten Wochen im Zuchthaus Cottbus an einem nicht rechtzeitig erkannten Magendurchbruch. Hinrichs Frau wurde geraten, ihren Mädchennamen anzunehmen, um später auftretenden Schwierigkeiten besser aus dem Weg gehen zu können, was sie als gläubige Protestantin jedoch nicht tat.

Sie, die im Andenken an ihren verstorbenen Mann ihren Jungen auf den Namen Heinrich taufen ließ, erzählte dem Knaben recht wenig von seinem Vater. Erst als der kleine Heinrich schulpflichtig war und er immer öfter begann, nach seinem Vater und den Großeltern zu fragen, berichtete sie vorsichtig, aber wahrheitsgetreu. Bis zur achten Klasse lief alles reibungslos. Selbst in schwierigen Fächern, wie Geschichte, Wehrerziehung und Staatsbürgerkunde, fiel Heinrich nicht auf. Seine Kindheit und Jugend versprachen nicht die Zukunft, die sein Vater und Großvater in der Gegenwart gefunden hatten. Auf die Frage des Schuldirektors jedoch, wie lange Heinrich angesichts der Verfehlungen des Vaters gedenke, seinem sozialistischen Vaterland in der ersten Arbeiter- und Bauernarmee zu dienen, antwortete Heinrich nicht. Von nun an begann sich der Junge gegen alles und gegen jeden zu verhalten.

Erst später, als Heinrich bereits die Schule verlassen und sich vergeblich um einen Lehrvertrag als Maschinenschlosser mit Abitur beworben hatte, erkannte er, dass seine nicht gegebene Antwort damals irgend etwas in seiner Biographie verschoben haben musste, das endgültig und unwiderrufbar zu sein schien. Die Lehre zum Hauer im Uranbergbau brach er vorzeitig ab. Er konnte es nicht ertragen, länger als neun Stunden das Tageslicht nicht sehen zu können.

Gelegenheitsarbeiten beim Gleisbau – dann eine Anstellung als Beifahrer im Getränkegroßhandel Leipzig. Bier und Spirituosen, nächtliche Gelage, Fehlschichten: Arbeitsbummelei.

Im Jugendwerkhof Torgau gebärdet sich Heinrich aggressiv. Sonderbehandlung: Arrest, Prügel, Essenentzug. Erst allmählich fügt der junge Mann sich ins Kollektiv. Heinrich wird lustlos und verstummt schließlich völlig. Am 11. Juni 1986, dem siebenunddreißigsten Geburtstag seiner Mutter, flieht Heinrich aus der Anstalt. Kurze Zeit wohnt er bei Freunden in Halle, später wieder in Leipzig. Er trampt nach Berlin, schläft bis zum späten Herbst in leerstehenden Abrisshäusern unweit der Mauer. Als er mit sechsundzwanzig Einschüssen an der Oranienburger Chaussee zwischen Glienicke und Frohnau nachts auf einem Kolonnenweg verblutet, ist Heinrich siebzehn Jahre und sechs Monate alt.

Ein Grab gibt es nicht.

1

Übersichtsbogen zur Operativen Personenkontrolle (OPK)

Robert K. ist ein aktives Mitglied des sich im Raum Leipzig aufhaltenden politischen Untergrundes. Im Rahmen der bisherigen Aufklärung konnte festgestellt werden, dass die bearbeitete Person Hauptinitiator und Gründungsmitglied einer feindlich-negativen Gruppierung ist, die unter dem Deckmantel »kirchlicher Freiräume« versucht – frei von staatlicher Kontrolle und Aufsicht, Literatur selbst zu verlegen, zu lesen und zu verbreiten. Konspiratives Zentrum dieser Aktivitäten ist die Leipziger Kohlenstraße. Bei den Schriften handelt es sich um Texte, in denen offen Angriffe gegen die sozialistische Gesellschaftsordnung vorgetragen werden.

Robert K. ist mittelgroß, schlank und intelligent. In Gesprächen verhält er sich absichernd gegenüber fremden Personen. Der »R.« versucht stets sachlich und ruhig zu argumentieren und sein Gegenüber einzubeziehen. Äußerst auffällig ist sein selbstsicher wirkendes Auftreten. Es wird vorgeschlagen, eine Operative Personenkontrolle wegen des Verdachtes auf feindlich-negative Aktivitäten zu eröffnen und ihn unter dem Decknamen OPK Robert zu führen.

– OPK Robert, das bist Du und Dein Deckname …

– Ich habe begonnen, die Akten zu lesen, Papa. Aber … ich verstehe nicht alles.

– Euer Arbeitskreis: Heinrich, Du und die anderen.

– Leipzig, der Bayrische Bahnhof, die Kohlenstraße, Deine Zeit am Institut … ich und Mama.

– Aber was heißt: Kontaktsperre … Stadtarrest … Arbeitsplatzbindung?

– Erzähl, Papa.

»*Unbekannt verzogen*«

Es regnete. Schwammfeuchter Putz fiel von der Weberei. Das alte Schieferdach über den Stützbalken war endlich geflickt worden, nur das Fallrohr der Dachrinne hatten die Arbeiter vergessen. Ausgelegte Plastikplanen und Dachpappenreste lagen vereinzelt auf dem Boden vor der Nordhalle. Sieben Uhr. Die Sirene der Frühschicht tönte. Bis dahin war es in dem rostigen Ziegelbau der Fabrik still gewesen.

Der Regen fiel auf die ausgewaschenen Wetterschenkel der Fenster. Die Außenscheiben waren mit feinem Sandsteinstaub, Kohlenruß und Taubenmist verschmutzt. Das Regenwasser spritzte dagegen.

Die Sirene heulte das zweite Mal.

Er hatte sich reichlich Zeit gelassen. Hatte Wasser für den Tee aufgesetzt und missmutig aus dem Fenster geschaut. Der Propangaskocher brauchte ewig. Mit einer Scheibe Toast und einigen Tassen Earl Grey versuchte er, dem grauen Morgen zu begegnen. Der Tee war fad. Wahrscheinlich hatte er ihn zu lange ziehen lassen.

Draußen gingen die letzten Arbeiter durch das Werktor; er sah sie vom Küchenfenster aus. Dann weckte er das Kind. Es regnete noch immer.

Weißt du, ich habe einen neuen Teddy, ganz braun und zottelig. Mein Teddy kommt aber nicht aus'm Wald oder Zoo. Papa hat ihn mir zum Geburtstag geschenkt. Ich hab' ihn Purzel genannt

– wie aus der Geschichte von dir. Purz' ist fast so groß wie Anna. Sie vertragen sich gut in deinem Puppenhaus. Purz' hat zwei schwarze Augen aus Glas und einen süßen, traurigen Mund mit dem er aber auch brummen kann. Ganz tief und ganz lieb. Jetzt passt mein Purz' jeden Abend auf mich auf, dass ich nicht so schlimm träume, weißt du …

Jetzt ist er oft bei mir. Jeden Abend.

Als er hinüber in die Weberei ging, musste er seinen Werksausweis zeigen. Der Pförtner der Nachtschicht war neu. Der alte pockennarbige Pförtner hätte ihn gekannt, der wäre nach der langen Nacht kaum noch nüchtern gewesen. Oder er hätte vom Rheuma erzählt, oder vom schlechten Wetter, den Schmerzen in den Gliedern, oder einfach vom Regen.

Der Regen. Ja, der Regen, hätte der Alte mit seinen stets geröteten Augen und der penetranten Schnapsfahne gesagt.

Tja, der Regen, hätte er dann erwidert, der Regen.

Der Neue kannte ihn nicht.

Grußlos zeigte er ihm seinen Ausweis.

Das Haus gegenüber der Weberei war ursprünglich für die Ingenieure der Firma gebaut worden. Im Erdgeschoss kleine Läden und Geschäfte. Einfaches Haus, verwaschener Klinker. Bis in das zweite Stockwerk zugemauerte Fenster. Unterm Dach die verblasste Inschrift: Samuel Tobermann & Söhne. Stoffe & Tuchwaren. Cacao & Café, Kolonialwaren aus Übersee. Kohlenstraße – Bayrischer Bahnhof. Abrisshäuser: vernagelte Türen, abgeklemmter Strom, kaum fließend Wasser. Tobermann gab es seit achtunddreißig nicht mehr.

Die Weberei auf der anderen Straßenseite war heute Volkseigentum wie die Seifenfabrik, Ecke Lößniger, neben Tabakladen, Lagerhalle, Gleisanlagen und Bahndamm.

Jetzt wohnten nur er, die Kleine und die Familie des Maurers dort. Früher waren sie viele gewesen. Heinrich, Lisa, Christa, Maria und die anderen.

Der Maurer konnte weder schreiben noch lesen und die Frau, die mit ihm wohnte, konnte es anscheinend ebenso wenig. Immer waren die beiden mit ihren Briefen zu ihm gekommen. Auch damals, vor gut einem halben Jahr, als die Gerichtsvorladung für den Maurer kam. Jetzt warteten die Frau und die fünf abgezehrten Kinder bereits den vierten Monat auf den Alten. Der hatte sich geprügelt, hatte sich über das Parteiabzeichen eines anderen mokiert, sich in Wut geredet und schließlich blind und hasserfüllt auf den Fremden eingeschlagen. Im Suff, wie es hieß.

Im Haus wohnte der Maurer länger als er. Er hatte sich erst im vorletzten Jahr einquartiert. Maria hatte hier gelebt, in Lisas ehemaliger Wohnung, das vierte oder fünfte Jahr bereits. Damals, als er einzog, arbeitete er noch als Wissenschaftlicher Assistent im Institut, damals war er noch einer der wenigen Doktoranden an der Uni gewesen, hatte noch brav gelernt und verbissen gehofft.

In der Fabrik standen die Webstühle in Reih und Glied hintereinander. Ölig und stickig war es in der Halle, der muffige Geruch schlecht belüfteter Räume. Ohrenbetäubender Lärm. Die hölzernen Schiffchenspindeln der Webstühle schlugen fortwährend an die Rahmen der Maschinen. Essayac, Stein & Co., Bremen 1889, war in einem der gusseisernen Rahmen eingestanzt. Fäden liefen über kleine Rollen zum Querbalken in die Lade der Maschine. Das Lochband neben dem Motor gab der Maschine das Muster vor. Loch für Loch, Befehl für Befehl bis zum fertigen Teppich.

Am frühen Nachmittag hatte er noch immer die Fenster der Weberei zu putzen. Rostige, in die Ziegel der Außenwand eingearbeitete Standfenster mit winzigen Scheiben. Danach die Verwaltung: alte Verbund- und Doppelfenster; rissige Holzrahmen, kaum Farbe und Kitt. Im Laufe der Monate hatte er die Vorzüge von Vakuumscheiben mehr und mehr schätzen gelernt. Hier würde er länger brauchen.

Der Lärm der Maschinen war unerträglich. Mit seinem Fensterleder war er nur mühsam vorangekommen, vergeblich versuchte er, die kleinen Scheiben zu polieren. Alles blieb feucht, alles lief an.

Überall lag der Schmutz von Monaten und Jahren. Zwischen Wand und Heizung klemmten Kämme und Knöpfe; Haarnadeln, Bierkronen und verschimmelte Speisereste lagen zwischen den hinteren Heizungsrippen. Auf den speckigen Fenstersimsen – zentimeterdicker Dreck. Klebrige Fasern, Wolle, Staub, Frauenhaare, tote Insekten, Spinnweben, vergilbte Zigarettenfilter.

Behutsam kehrte er alles mit einem Handfeger auf den Boden. Es staubte dennoch. Angewidert ging er in die Kantine. Der Kaffee war bitter. Die Werkuhr zeigte Viertel nach zehn, die Uhr stand seit Jahren. Die Scheibe war in der Mitte eingedrückt, die Zeiger zwischen Zifferblatt und Glassplittern verkeilt.

Als er die Kleine vom Kindergarten abholte, war es bereits dunkel. Sie blickte ihn mit ihren blaugrauen Augen fragend an. Er knöpfte ihr die Jacke zu, band die Schuhe und fuhr ihr mit der Hand durchs Haar. Langes, blondgelocktes Haar, in dem sich mehrere kleine Ahornnasen verfangen hatten. Er küsste sie auf die Wange, dann nahm er sie bei der Hand.

Auf der Straße begann sein Herz zu rasen. Er spürte ihren Blick auf sich ruhen, während sie den Weg zur Weberei einschlugen. Er schaute sie an. In ihrem Blick, in ihrem kleinen kindlichen Gesicht war wieder diese Bitte, dieses quälende Fragen.

Sie erzählte vom heiligen Nikolaus, der bald kommen sollte. Erzählte vom Christkind, dem Engel, von den drei Königen, den Hirten, dem Ochsen und dem Esel im Stall in Bethlehem.

Gemeinsam mit dem Pfarrer hatten die Kinder an diesem Tag gebastelt. Stolz zeigte sie ihm einen roten Papierhahn mit goldener Krone. Das Stanniolpapier war sauber auf dem Kopf des Hahnes aufgeklebt, gelbe Beinchen mit kräftigen Krallen hingen lose an ihm herunter.

Ihre Fragen stellte sie nicht.

Zuhause wusch er ihr vor dem Abendbrot die Finger. Der Leim saß fest. Sie jammerte ein wenig, war dann aber tapfer, als er mit der groben Bürste ihre Fingernägel zu schrubben begann. Behutsam und dennoch gründlich.

Die Tapete in ihrem Zimmer war hellblau. Schäfchenwolken zierten die Wände. Hier und da flogen Vögel aus Krepppapier zwischen ihnen. Große und kräftige Schwalben, schwarzblau, die Maria schon vor der Geburt der Kleinen aufgeklebt hatte.

Den roten Hahn befestigte er neben dem gelben Löwen und der braunen Giraffe, so hatte die Kleine es sich gewünscht. Alle drei Tiere hingen jetzt über dem Kopfende ihres Gitterbetts.

Er hatte das Fenster geöffnet, heftig bewegten sich die Papiertiere an ihren Fäden.

Eigentlich war es noch nicht spät, früher Abend – und er hätte sich reichlich Zeit für die Kleine lassen, ihr eine Geschichte erfinden oder ihr wieder vom Alptraumbären erzählen können, von Purzel, dem kleinen Kameraden; dennoch erfand oder erzählte er nichts, las er ihr nicht einmal ein weiteres Kapitel über Jim Knopf, Li Si und den Goldenen Drachen der Weisheit vor; ihm war nicht danach. Krampfhaft suchte er nach Ausreden, während sie, erwartungsvoll, ihm gegenüber im Bettchen saß. Die Füße schauten unter der Steppdecke heraus, den braunen Zottelbären hielt sie versteckt hinter ihrem Kissen. Ihre zierlichen Finger waren noch immer gerötet. Sie schluchzte mehrfach, als sie merkte, dass er gleich wieder gehen wollte. Sie weinte, als er ihr eine Gute Nacht wünschte, auch noch, als er ihr die Hände einkremte.

Dann brach es aus ihr heraus. Heftig und ungebremst. Sie wollte Maria sehen.

Nach der zweiten Geschichte war sie eingeschlafen. Endlich eingeschlafen. Hilflos saß er vor ihrem Bett, den weißen Wölkchen, den dunklen Vögeln; saß vor Giraffe, Hahn und Löwe. Erst nach einer halben Stunde ging er hinaus auf den Flur. Leise schloss er die Tür.

In der Küche blickte er aus dem Fenster auf den Hof der Weberei hinüber. Der Anblick der Dachpappenreste, der überfüllten Container und des heruntergefallenen Hausputzes kümmerten ihn nicht. Er hatte Angst. Jeden Tag erwartete er aufs Neue die Fragen der Kleinen, hörte sich Ausreden stammeln, schwieg verbissen, worüber er mit irgendwem hätte reden müssen. Weißgott, dachte er, diese Angst, dieses Schweigen, Himmelangst, Scheißangst.

Und dann, wenn ich schlimm träume, dann schleicht sich mein Teddy an, ganz von hinten. Und schwuppdiwupp springt Purzel aufs Bettchen, ohne dass ich's merken kann. Und dann schnappt er sich den ollen Traum und frisst ihn auf. Ganz auf. Erst kämpfen die. Klaro. Mein Purz' ist aber immer der Stärkere, der hat Kraft, der krallt sich fest, beißt und brummt ganz grimmig, bis er den blöden Traum klein hat. Dann schluckt er ihn runter. Mit einem Mal. Ganz runter, ganz weg. So einfach ist das. Kannst du glauben. Papa hat's erzählt.

Gute Nacht Mama –

Auf dem Schreibtisch in seinem Zimmer lagen einige Bögen unbeschriebenen Papiers. Das angebrochene Lineal klemmte noch immer in der linken Schublade. Maria hatte den Schlüssel für das Kästchen verloren. Irgendwann einmal war er verschwunden …

spurlos verschwunden … wie Tagebuch und Adressbuch. Irgendwann, vor einer elend langen Zeit. Einfach weg, einfach fort.

Das Lineal diente Maria später als Schlüsselersatz, so ließ sich das Kästchen mit den vergilbten Briefen, den Fotos und den Notizen der Freunde problemlos öffnen.

Neben dem Schreibtisch stand das Paket mit ihren Sachen. Mit ihren Jeans, den Pullovern, etwas Unterwäsche, dem Ring mit dem Tigerauge und der silbernen Gliederkette. Er hatte die Sachen nie wieder angerührt, seit sie zurück geschickt worden waren. Verstaubt stand der Karton da. Stand da, als stünde er schon immer dort, als wäre er mit den gelbbraunen Dielen verwachsen wie der eingeknickte Maulbeerbaum am Fenster daneben, dessen Wurzeln über den Topfrand wucherten; hunderte holzige Wurzeln, die vergeblich nach Halt in der Dielung suchten. Genau dazwischen stand ihr Paket. Obenauf das gefaltete Packpapier. Dunkelgelb, ocker, fast braun. Der Absender und die Zustellnummer von Stollberg-Hoheneck waren verblasst. Kein Poststempel. Unbekannt verzogen.

Den dritten Aufguss des Tees trank er nicht mehr. Er hatte einen Brief an den befreundeten Pfarrer geschrieben. Hatte einen weiteren an Marias Vater begonnen, der seit Jahrzehnten fern von allem mit der neuen Frau vielleicht jetzt endlich sein eigenes Leben lebte. Lange nach der Flucht – irgendwo im Süden Amerikas. Weit weg. Der ab und an Postkarten oder Briefe schrieb, unwissend, der Maria stets mit großen Geschenken bedachte und dies ganz sicher auch noch weiterhin tun würde. Geburtstag, Weihnachten, Ostern und so weiter. Und so weiter.

Er hatte die beiden Briefe wieder zerrissen, wie gestern oder vorgestern auch schon. Jetzt nur hinaus, weit weg, atmen, nur rasch auftauchen, um Luft zu holen, dachte er.

Bevor er die Wohnung verließ, schaute er noch einmal in das Zimmer der Kleinen. Sanft hielt sie ihren braunen Bären im Arm, den Zauberbären, der ihre schlimmen Träume fraß. Abend für Abend.

Leise kratzte der Schlüssel im Schloss.

Die Frau des Maurers taumelte mit prall gefüllten Einkaufsnetzen in den unteren Hausflur. Wieder war sie angetrunken; das Haar hing ihr ins Gesicht. Dunkel untermalte und enttäuschte Augen blickten ihn an.

Gleich als sie ihn bemerkte, lud sie ihn zum Kaffee ein. Er lehnte ab. Nach einem kurzen Moment schob er sich an der jungen Frau und ihren Netzen vorbei, die Treppe hinunter. Erwartungsvoll blieb sie auf dem oberen Treppenabsatz stehen und blickte ihm verständnislos und verlangend nach.

In Gedanken versunken durchstreifte er an diesem Abend die Stadt, lief an den Geschäften mit ihren Auslagen vorüber. Dann dachte er plötzlich an Maria, an den Morgen, als ihm das Paket mit ihren Sachen zurück gesandt worden war. Er dachte an den Morgen nach dem Morgen, den darauffolgenden Morgen, dachte an den Tag und den Abend danach und an die endlosen Nächte – ohne sie.

Schließlich ging er den Weg in die Vorstadt zurück. Er bog in eine der zahlreichen Nebenstraßen ein. Die Straße war dunkel. Sie war wie das gesamte Viertel am Ende des neunzehnten Jahrhunderts erbaut worden. Industrieller Aufschwung, Blütezeit der Stadt. Heute kaputte Dächer, eingesunkene Schornsteine, bröckelnder Stuck. Die Häuser wirkten schäbig, verwahrlost.

»Unsolide Bauweise, Wohnungen ohne Bad und WC, abrissreife Bausubstanz«, hatte der Vertreter des Magistrats vor Jahren im städtischen Ausschuss erklärt.

Der kannte das Viertel vom Hörensagen.

Er dagegen mochte die Gegend, weil Maria sie gemocht hatte. Sie hatte hinter allem einen feinen Zauber gesehen, jedem Haus einen Reiz abgewinnen können, sich für den Erhalt jedes unansehnlichen Giebels, jedes noch so schäbigen Balkons oder Erkers eingesetzt. Lautstark und ungeschützt.

In Briefen hatte sie ihrer Wut freien Lauf gelassen. In Petitionen an die Vernunft appelliert. Mit Freunden oder ganz allein. Das war ihr einerlei.

In diesen Straßen gab es seit langem keine Läden mehr. Keine Geschäfte, keine Boutiquen. Einzig Mietshäuser mit Dienstboteneingang; Hinterhöfe mit Schuppen und Werkstätten, Garagen oder vereinzelten, abseits stehenden Fabrikgebäuden aus der Gründerzeit.

Früher wohnten hier viele Freunde und Bekannte von Maria. Verteilt über die Straße, Haus für Haus – untereinander verschworen wie eine Kommune. Aus dem Institut, dem Seminar oder aus seinem Kreis hatte sich niemand hierher verirrt. Kein einziger: kein Kollege, kein Freund. Allmählich hatte er sie vergessen. Ihr Gerede war ihm irgendwann fremd geworden: Phrasen, Nachplapperei, Gesabber. Jetzt lebte er hier mit sich und der Kleinen, mit der Familie des Maurers: der Frau und den Kindern. Das Viertel erschien ihm heute nicht öder als andere. Er liebte und er hasste es – er hatte sich eingerichtet.

Rasch ging er an der Schleiferei vorüber. Er ließ die Autowerkstätten hinter sich, überquerte den Mühlbach, den alten Graben, lief vorbei an der stillgelegten Tankstelle mit dem verblassten ESSO-Emailleschild. Rote Buchstaben auf weißem Grund.

Irgendwo vor ihm lag die Stadtmauer; der Graben war an dieser Stelle mit allen Rohren und Leitungen einbetoniert worden, der stinkende Mühlbach in Röhren kanalisiert. Gewohnheitsgemäß schaute er auf die riesige Tankstellenuhr. Viertel nach zehn – das wusste er schon. Jetzt sah er den enthaupteten marmornen Engel an der Mauer. Verwelkter Efeu rankte verschlungen über den Stein.

Zwischen den Mülltonnen vertrocknete Blumen, verwelkte Kränze und Abfälle auf dem Boden. Er ging durch das offene Tor. Es roch nach verbranntem Laub und frischer Erde. Kleine dunkle Geschöpfe mit nackten, unbehaarten Schwänzen verschwanden eilig in den Hecken. Ratten, dachte er. Es mochten einige Dutzend von ihnen sein, die sich an diesem Abend auf den Wegen zwischen ihm und Marias Grab herumtrieben.

2

Politisch-operativer Sachverhalt

Robert K. ist seit dem 24. März 1981 hartnäckiger Gesuchsteller auf Ausreise. In seinen Anträgen beruft er sich auf Gesetze der DDR und auf die Schlussakte von Helsinki. Als Gründe gibt er einen »erzwungenen Studienabbruch« und anschließende Maßnahmen der Abteilung Inneres an (Arbeitsplatzbindung). In den letzten Jahren hat die Vorgangsperson insgesamt 39 neue Anträge an die zuständigen Staatsorgane der DDR gestellt. Inoffiziell konnte erarbeitet werden, dass die bearbeitete Person mit der von der Abteilung XX/7 erfassten Maria B. in einer Art »Wohngemeinschaft« lebt. Beide gehören der Gruppierung des im Operativen Vorgang Kohle bearbeiteten Personenkreises an.

Ziel der OPK Robert ist es, den Charakter der Verbindungen des »R.« aufzuklären, seine Pläne offen zu legen sowie öffentliche Feindtätigkeit zu verhindern. Langfristig wird konzipiert, die Zielperson politisch zu isolieren, zu verunsichern und zurück zu drängen.

– *Du und Mama, Ihr hattet den Antrag … habt Euch weggesehnt, wolltet raus. Du hast davon erzählt.*

– *Fünf Jahre … Woche für Woche, immer wieder die Vorladung. Das ist eine lange Zeit, da ist viel passiert …*

– *Damals bist Du Mama begegnet. Richtig? An einem Dienstag: Eurem Dienstag, Maria-Tag, so habt ihr ihn genannt, nicht wahr? Ihr habt geweint und gelacht, jeden Dienstag. Dienstag für Dienstag, Woche für Woche, über die Jahre.*

– *Erzähl von den Vorladungen, sprich mir vom gelben Zimmer, Papa.*

Das gelbe Zimmer

Das gelbe Zimmer war nicht wirklich gelb.

Das Nikotin haftete mit dem Schmutz der Jahre an Decke und Wänden.

Eine Flut weißblauen Neonlichtes erhellte den fensterlosen Raum.

Über eine Stahltür war das gelbe Zimmer mit dem Flur des Hauses verbunden, von dem fünfzehn Stufen nach oben und fünfzehn Stufen nach unten führten. An drei Scharnieren war zusätzlich vor dieser Tür ein Gitter eingelassen, welches von außen und innen verschlossen werden konnte. Neben dem Gitter wies ein Schild darauf hin, dass an Dienstagen Sprechzeiten abgehalten werden. Die Uhrzeiten waren mit Pflaster überklebt.

Vom Inneren des gelben Zimmers führten zwei massive Türen in lange, staubige Korridore, die über weitere Türen wieder in andere Korridore mündeten, hinaus auf den Flur der Etage, von dem rechts und links ungezählte Büros und Sekretariate abzweigten. Alle diese Türen waren fest verschlossen. Runde Türknaufe ersetzten die Klinken.

An einer Wand des gelben Zimmers hing das Bild eines Mannes, dessen Porträt auch in allen anderen Räumen des Hauses zu sehen war: braune Haarsträhne, stechender Blick hinter buschigen Augenbrauen, fleischige Nase mit wulstiger, in die Stirn gegrabener Falte. Verkniffener Mund.

Der abgetretene, blassgraue Fußbodenbelag wölbte sich an den Rändern der Türschwellen empor; einige schadhafte Stücke fehlten bereits in dem Zimmer, das seine Besucher das Gelbe nannten. In letzter Zeit kamen sie häufiger als in früheren Jahren. Sie saßen dann auf heruntergekommenen Kunststoffstühlen aus blaugrünem Plastik, in deren Lehnen tiefe Risse klafften. Neben jedem der Stühle stand ein mit Kippen, Mundstücken, Asche und Bonbonpapier gefüllter, mit Speichel über und über besudelter Aschenbecher auf gusseisernem Fuß. Anderes Mobiliar gab es nicht.

Die Besucher des gelben Zimmers saßen auf den unförmigen, klebrigen Stühlen und warteten. Sie saßen und warteten auf den Moment, dass sich eine der beiden Türen öffnen, ihre Namen verlesen und sie die Aufforderung bekommen würden, einzutreten.

Einige von den Wartenden waren das erste Mal hier, andere kannten das gelbe Zimmer seit geraumer Zeit. Manche kamen seit vielen Jahren.

Sie alle saßen und schwiegen. Im Inneren ihrer Schädel arbeitete es unablässig. Gewissensbisse zermarterten ihre Hirne. Keiner kannte den anderen – und doch wusste jeder von jedem. Irgendwann wiederholte jeder der Sitzenden die tausendfach gemachten Selbstvorwürfe: Wir hätten nicht hierher kommen sollen. Wir hätten es nicht tun dürfen. Wir hätten ausharren müssen. Wir hätten uns in Geduld üben sollen.

Und noch während sie sich selbst quälten, stand da einer auf, lief durch das Zimmer, blickte auf das gerahmte Porträt und setzte sich wieder zu den anderen zurück. Kein Wort war bisher zwischen ihm und den anderen gesprochen worden. Zigarettenqualm durchdrang die Luft des gelben Zimmers. Noch störte dies den einen nicht. Er starrte weiterhin wartend auf die gegenüberliegende Wand mit ihren ihm stets verschlossen gebliebenen Türen. So saß er zwischen den anderen und sie alle warteten schon länger, als sie überhaupt jemals geglaubt hätten, dass sie dazu fähig wären.

Nach Stunden erst kamen bei den länger Wartenden Zweifel auf. Wieder stand der eine auf, lief durch das gelbe Zimmer und betrachtete das Bild an der Wand. Irgendwann kehrte er um und setzte sich wie vorher auf seinen verwaisten Stuhl.

Sie werden mich hier behalten. Sie werden etwas gegen mich vorbringen. Sie werden irgend etwas finden. Sie werden mich auslachen. Sie werden mich wieder verhöhnen. Sie werden mich nicht gehen lassen …

Leise fluchte er auf die, die wie er seit dem frühen Morgen warteten. Er ignorierte Hunger und Durst; er schwieg und wartete, wartete noch weitere Stunden, wie alle anderen auch.

Am Abend stand er ein drittes Mal von seinem Stuhl auf, lief durch das Zimmer und blieb für einen Moment vor dem Bild jenes Mannes stehen: Strähne über hoher Stirn. Unduldsamer Blick unter wulstigen Augenbrauen.

Ihn fröstelte.

Noch Minuten später spürte er diesen Blick hinter der dünnen Glasscheibe auf seinen Nacken gerichtet, während er zaghaft an eine der beiden Türen klopfte.

Es war still.

Die übrigen Wartenden blickten mit tief in die Schultern gezogenen Köpfen auf den einen, ohne dass sie ihm halfen oder ihn behinderten.

Er klopfte ein zweites Mal. Es tat sich nichts. Er klopfte heftiger, er hämmerte mit all' seiner Kraft gegen die Tür. Er schrie, er tobte, dann sank er in sich zusammen …

Schweißnass wachte ich auf. Ich legte die Decke beiseite, stand auf, ging aufs Klo, wusch mich und machte das Bett. Als ich frühstücken wollte, verfluchte ich meine Nachlässigkeit. Der Kühlschrank war leer; wie immer – ich hatte nichts eingekauft.

In der Kammer vermutete ich noch etwas Essbares. Ein, zwei Konserven vielleicht.

Eine Büchse mit Fisch war alles, was ich fand. Makrele in Öl. Das Verbrauchsdatum – verwaschen, unleserlich. Ich öffnete die Dose – stellte sie dann aber wieder zurück, ohne etwas davon gegessen zu haben. Ich zog mich an. Steckte Geld für den Bäcker ein. Nahm Schlüssel und Mantel, verschloss die Tür und ging über den Hof auf die Straße.

Zwanzig Minuten fuhr ich mit der Straßenbahn. Vier Stationen bis Leuschner Platz. In der Bahn eine junge Frau. Unsere Blicke kreuzten sich mehrmals. Ein freundliches Lächeln. Ein Augenaufschlag. Ein verstecktes Zwinkern. Minuten später sah ich sie erbleichen und hektisch die Bahn verlassen, während ein Uniformierter Fahrausweise kontrollierte. Unduldsamer Blick, kantige Bewegungen. Zwischen den Sitzreihen blickte ich in fremde, dennoch vertraute Gesichter. Teilnahmslos beobachteten die anderen das Geschehen.

Als ich ausstieg, dachte ich plötzlich an die junge Frau. Ihr blondes Haar, die Blässe ihrer Haut, ihr gequältes Lächeln. In Gedanken sah ich sie vor mir, ihre braunen Augen, ihr Suchen, ihre Hast, ihr entsetzter Blick; die Verlegenheit, als der Uniformierte kam. Ihre Angst – ihre Flucht.

Bestimmt würde sie die Fahrt mit der nächsten oder übernächsten Bahn fortsetzen, dachte ich. Schwarz – ohne Fahrschein, dankbar, entkommen zu sein. Oder aber frech lachend, triumphierend, sich ihrer selbst gewiss, übermütig.

Ich ging geradewegs auf ein Haus zu, dessen Putz an manchen Stellen abfiel. Drei Stockwerke, bis unters Dach – vergitterte Fenster. Salpeter überzog den Ziegel der Fassade. Die Treppen: poröser, ausgetretener Sandstein.

Ich stieg fünfzehn Stufen empor …,
Schild neben Stahltür …,
Tür ohne Klinke …,
Ein Pflaster …
Dienstag …
Sprechtag …

Noch immer hatte ich den Geruch von faulem Fisch und ranzigem Öl in der Nase.

3

Zwischenbericht

Robert K. gehört dem harten Kern des sogenannten »Literaturkreis« an (OV Kohle). Im Rahmen seiner Aktivitäten lernte die bearbeitete Person die rechtswidrige Gesuchstellerin auf Ausreise Maria B. kennen. Maria B. ist Inspiratorin und Organisatorin mehrerer nicht genehmigter Unterschriftenaktionen im Raum Leipzig (OV Handzettel). Durch Robert K. wurde die Maria B. in den »Literaturkreis« eingeführt. Inoffiziell wurde bekannt, dass sich zwischen beiden Vorgangspersonen ein sehr enges Verhältnis entwickelte, welches zu intimen Beziehungen und zu einer sexuellen Abhängigkeit der Zielperson gegenüber der B. führte. Der negative Einfluss der Maria B. auf die bearbeitete Person bewirkte eine weitere Verfestigung seiner feindlich-negativen Grundeinstellung.

Neben den bisher erfassten Vorgangspersonen gehören: Heinrich F., Christa T., Lisa B. und Johanna S. zum weiteren Kern des Kreises. Allen ist eine ablehnende Haltung gegenüber dem sozialistischen Staat zu eigen. Einzig die Johanna S. gilt auf Grund ihres fortschrittlich humanen Elternhauses als für den Sozialismus rückgewinnbar.

– *Nichts ist unwichtig … Papa, Gar nichts.*
– *Ich kann selbst entscheiden …*
– *Ihr wart nicht allein … Du und Mama.*
– *Johanna, … ja, Johanna zum Beispiel.*
– *Wer war sie? …*

Johanna

Die Kohlenstraße: Kopfsteinpflaster, Qualm und Dunst. Teerflecken und Löwenzahn. Auf der Straße ein Mädchen von mehr als zwölf Jahren. An der Hand die Mutter. Leuchtende Augen. Johanna und Marlene. Einkaufstüten pendelnd zwischen den beiden. Abendstimmung und im Kopf der Gedanke: Papa kommt. Kindergeschrei und Mopedgeknatter. Es ist Sommerzeit. Über die Höfe – aufschlagende Bälle. Anpfiff, Abpfiff. Männer im Turnhemd. Teppichklopfstangen als Fußballtore. Ab und an – Hundegebell aus dem Hinterhaus. Am Bahngleis – das Schlagen der Eisen, das Schnaufen der Züge und Schritte dazwischen. Ostwärts nach Gera oder Meerane, womöglich. Ein Zischen und Pfeifen. Im Lautsprecher fällt der Ton über die Gleise. Nur das Signal steht auf Halt, bis auch dieses fällt. Montag ist Kinotag. Drei Vorstellungen pro Woche: Freilichtkino Connewitz oder Lichtspieltheater Lößnig. Papa kommt. Montag, Mittwoch und Samstag. Zwölf Abende im Monat und manchmal zwischendurch. Bayrischer Bahnhof und auf dem Bahnsteig der Wind und die Tauben. Der Qualm ganz zerbrochen zwischen den abgekoppelten Waggons. Der Bahnsteig bleibt leer, ein warmer Sog – und Vater kommt nicht.

Und dann, einige Wochen später, kam in die Straße einer, irgendwann, ein hübscher, hager und ganz blass, der passte nicht zu den Männern im Turnhemd, passte nicht zu Mettichs Eismaschinenfabrik und auch nicht zu den Teppichklopfstangen, die in Wirklichkeit Tore kommender Fußballweltmeisterschaften waren. In seinen Augen stand kein Spiel. In seinen Augen stand die Angst. Sie war ihm übers Gesicht bis unters Haar gekrochen und saß ihm in jeder Pore. War in ihm eingefroren, seit Jahren. Johanna aber, das Mädchen, hatte die Angst bemerkt wie sie ihn bemerkt hatte unter all den anderen. Schüchtern, aus den Augenwinkeln heraus. Sie kannte diesen Blick von der Mutter. Und Johanna wollte nicht mehr wissen als das, was offensichtlich war: Ein junger Mann mit kaum fünfundzwanzig Jahren. Dass er mit Texten und Büchern zu tun hatte, dass er Robert hieß und mit Maria war, erfuhr sie am selben Abend. Ein lauer Sommerabend, wie andere auch. Mondlos und etwas kühl. Johanna konnte nicht mit Bestimmtheit sagen, was sein Tagwerk ausmachte, wovon er lebte. Noch interessierte dies nicht.

Und die drei Sommer, die folgten, waren leer und heiß gewesen. Nur die Winter schnürten die Jahre zusammen und hielten Frühling und Herbst gekettet dazwischen.

Wind weht über die Straße. Alles ist wie in Schlaf gesunken. Die Kohlenstraße aber ist noch immer dieselbe. Und auf der Straße Johanna von etwas mehr als fünfzehn Jahren. Mit enger Jeans, grünem Parka und Sandalen. Kopfsteinpflaster, nach Hause, der Weg von der Schule. Ein sonnenverbrannter Tag.

Johanna ist unterwegs zum Pfarrhaus. Robert und Maria haben eingeladen. Heute soll sie lesen. Allein, vor den anderen – das erste Mal. Wochen hat sie sich darauf vorbereitet. Abwechselnd mit Mutter und Maria geübt, bis das Eis in ihr brach und die Worte zu fließen begannen. Robert hat Texte von Kunze ausgewählt; Heinrich kümmert sich um die Wachsmatrizen. Hunderte Seiten müssen vervielfältigt werden, im Keller, für jeden ein eigenes Exemplar.

Das Gefühl, ihre Zunge stünde plötzlich starr im Mund, hatte sich damals eingeschlichen und in ihr nach Raum gegriffen. Es war ihre Art, Gedanken und Worte zu ordnen, bevor sie sie aussprach. Ihre Unruhe aber ertrug die Stille nicht. Maria hatte ihr zugesprochen und sie wieder und wieder zu beruhigen versucht.

Als sie an diesem Abend, wie bei ihrer ersten Begegnung mit Robert, die Angst in seinem Gesicht sah, in einer Welt eingesperrt zu sein, in der beschlossen worden war, das Lebendige unter sich zu begraben, einzuebnen alles, was sich anders dreht und anders bewegt, da wurde sie ruhig und las ohne zu stocken, weil sie glaubte, dass sie sich spiegelte in ihm wie die letzten Vögel des Sommers im Cospudener See.

Ganz aus der Zeit gefallen schien er ihr, wenn sie ihn so vor sich stehen sah, mit einem Buch in der Hand. Allein vor der Gruppe. Die Zeremonie, wenn der Zeigefinger langsam von oben nach unten über das erste Blatt strich. Wenn er las oder rezitierte war er ganz bei sich, war er ein anderer, ein Junge, fast fröhlich, mindestens aber unbeschwert. Und es gab ein Schweigen von ihm, das schmerzte nicht. Wie wenn alle Traurigkeit aus ihm springen wollte. Trotz und Rebellion standen dann in seinem Blick. Wenn ihm dieses Schweigen zu deutlich gelang, stockten die andern und hielten in ihrem Lesen inne. Die Zeit wurde dann auf eine Art laut, dass das Ticken der Wanduhr im Ohr schmerzte. Es tat Johanna gut, jemanden so aufrecht zu sehen.

Der Sommer ist noch immer derselbe und die Straße trägt noch immer die Kohle zum Bahnhof. Koks und Schlacke, Steinkohle und Holz. Vereint – in trauter Gewohnheit. Und auf der Straße – Mädchen in den Schuhen der Mütter. Worte mit Kreide aufs Pflaster geschrieben, Linien, Rechtecke und Quadrate daneben. Hüpfend, mit der Hand das angewinkelte Bein haltend, tanzen die Zöpfe im Takt der Bewegung. Vor und zurück.

Die Menschen in der Kohlenstraße hatten keine Geräusche. Nicht im Gang und nicht im Schritt. Das Schnaufen der Lokomotiven und das Rattern der Waggons begrub alles unter sich. Betäubte Stille. Minutenlang. Nur mit dem Wind kamen die Stimmen über die Gleise zurück – wie der Gesang der Vögel am Bahndamm, das Husten der Männer und das Lachen der Mädchen. Über dem Kopfstein tönte das Klappern ihrer Absätze herauf. Wie immer kam der Wind durch die Sträucher. Ein dünner, leicht gelber Dunst. Er griff den Mädchen ins Gesicht. Und Sträucher und Geäst rochen nach frischem Öl und warmen Eisen, denn auch auf sie war der Wind gefallen in seiner Umarmung.

Johanna liebte es, durch die Höfe auf die Kohlenstraße zu rennen und den Widerhall ihrer Schuhe im Flur zu hören. Scheffels Schlosserei, dahinter Töblings Polsterwerkstatt und Mettichs Eismaschinenfabrik. Die Schritte schlugen im Ohr. Vorbei an den Mülltonen, Töblings SCHWALBE und den Rohlingen für Mettichs Eisbehälter. Vanilleeis, Karamell und Schokolade. Drei Sorten für den Sommer mussten genügen.

Dass Robert mit Maria war, dafür konnte er nichts, dachte Johanna. Nicht alle Männer, die ihr gefielen, konnten frei sein für sie. Sie wünschte sich nur, dass er sie wahrnehmen würde, mehr wahrnehmen und vielleicht etwas mögen. Nur manchmal hatte sie eine fast körperliche Sehnsucht nach ihm. Nach seiner Art, seiner Stimme.

Maria wohnte länger als Mutter in der Straße. Johanna kannte sie seit ihren Tagen im Kindergarten. Im Viertel hatten sich die Bewohner stets geholfen. Die Männer im Turnhemd, Meister Töbling, Heinrich, Mutter, Maria und die anderen. Wenn über Nacht bei irgendwem Schaden entstanden war, bei Wasserrohrbruch, Stromausfall oder einfach beim Renovieren der Wohnung, dann kamen sie alle zusammen. Einmal, erinnerte sich Johanna, in einem Frühjahr, waren es acht oder neun Wohnungen gewesen – die halbe Straße hinunter. Das Scheppern der Zinkeimer, das Klappern der Leitern. Die Kinder, die im Schritt schief gingen unter der Last der Farbkübel und die Männer mit Bier im Atem. Zigarettenqualm ringsum. Wie die Handwerker der Genossenschaft hatten sie die Nacht zum Tag gemacht, dachte Johanna. Zimmer für Zimmer, Wohnung für Wohnung. Bis alles sein Ende gefunden hatte. In dieser Zeit war sie eng mit Maria. Ganz eng. Und Maria war eng mit Robert. Die beiden hatten ein Baby bekommen und Johanna half, wann immer sie konnte.

Johanna mochte es, wenn Maria sie brauchte. Maria vergaß nie ›bitte‹ und ›danke‹ zu sagen. Sanft und zärtlich – ganz ohne Zwang.

Es gibt eine Sehnsucht, die traurig macht. Einzig durch Maria konnte sie jetzt noch bei Robert sein. Bei seinen Büchern, seinen Texten, seinen Sachen. Und ab und an, an den Abenden zu Haus, wünschte sie sich ihn näher als ihr Hemd oder ihre Bluse. Sie war dann bereit, alles zu tun, was von ihr verlangt würde, nur um seine Stimme hören zu dürfen. In diesen Nächten verschwand der Himmel über den Höfen wie der Mond verschwand im Schwarz des Himmels.

Hin und wieder, wenn Maria und Robert zur Arbeit gegangen waren und Johanna für die Kleine sorgte, legte sie sich in sein Bett. Heimlich – unter die Decke, um einen Rest von Wärme zu spüren. In diesen Momenten fing sie manchmal das Gefühl ein, es könnte alles ganz anders werden mit ihr. Ein anderes Leben. Mit Mutter, mit Vater und einem wie ihm. Gedanken kamen und gingen. Und kein Gedanke blieb. Sie träumte davon, mit ihm die gleichen Wege zu gehen, morgens mit ihm in der Bahn zu fahren, ihn anzurufen, wann immer sie wollte und mit ihm zu wohnen – in ihrer Straße. Sommers und winters.

Sie konnte nur warten auf ihre Zeit – hinter der Zeit für Maria und weit hinter der Zeit für die Kleine.

Und die Straße ist noch immer dieselbe – nur ohne den Trost der Bäume. Kein Strauch am Bahndamm, kein Flügel am Himmel und kein Gezweig zwischen dem Pflaster. Der Kopfstein

– ohne Glanz und Licht. Nur Schnee und Matsch. Die Tage kommen aus dem Dunkeln. Die Straße ächzt. Mehr als zwei Winter hat sie wieder getragen. Kohle und Holz, Koks und Schlacke. Am Bahnhof sagt eine Stimme Züge an. Die Lautsprecher brechen die Stille. Es ist November und auf der Straße Johanna mit mehr als siebzehn Jahren. Die Kinder haben Frost auf der Haut und Tränen im Blick.

Vor Johannas Gesicht standen die Augen der Kleinen. Sie dachte an den losgelösten Sommer vor mehr als zwei Jahren. Den Abend ihrer ersten Lesung. Dachte an Robert und Maria.

Die Kohlenstraße erschien ihr seither wie ein Freiraum, um atmen zu können. Eine wöchentliche Gnade. Wie außerhalb von dieser Welt. Das Land ringsum hatte einen Grad der Kargheit und Verkommenheit erreicht, den zu benennen Johanna nicht in der Lage war. Sie spürte es nur. Fast körperlich. Die Mauern standen sprachlos und kalt, im Wind klirrten die Fahnen. Der erste Schnee war gefallen und wehte herein eine endlose Stille. Der Wind schlug unter die Dächer und riss die Ziegel mit sich. Dass es mühsam war, dieses Atemloch zwischen Körner- und Leuschner-Platz offen zu halten, ahnte Johanna. Sie sah die Autos, die seit neuem in ihrer Straße standen und sie hörte die Fragen zwischen den Höfen, die fremd aus jedem Gespräch fielen. Allein Robert und Maria schienen nicht bemerken zu wollen, dass sie belauert und beobachtet waren. Ihre Verzauberung hielt an. Auch im fünften Jahr ließ sie nicht nach. Es war diese Art zwischen den beiden, die lautlos strahlte und sich für jeden zu erkennen gab. Fast ein Geheimnis, nicht sofort zu entschlüsseln für fremde Augen. Manchmal verständigten sie sich mit einer sanften Berührung, ein anderes Mal mit einem flüchtigen Blick oder einem Lächeln. Nie fiel ein lautes Wort. Keiner schien ohne den anderen zu denken. Nicht am Morgen und nicht am Abend. Behutsame Gesten, lose Schwingungen. Und wenn sie einander in den Armen lagen, war um sie ein Sehnen und Verlangen zu spüren, das nichts mit Furcht oder Verrat zu tun hatte.

Und dann war da einer in der Kohlenstraße, der strahlte plötzlich nicht mehr. Sein Blick stand ohne Glanz. Von einem Tag auf den anderen war aus ihm das Lachen gefallen. Er war da und schaute in die Augen derer, die lachen konnten. Und sie alle wussten, dass Robert an diesem Tag aus sich selbst gefallen war, auch wenn er es vermied, öffentlich darüber zu sprechen und er sich verschloss gegen die Blicke der Welt. Dieser Tag schnitt in die Augen. Heinrich war tot. Keller und Wachsmatrize waren verraten worden. Jugendwerkhof – Sonderbehandlung. Er war geflohen, weil zu leben im Land ihm verwehrt worden war. Fluchtversuch mit Personenschaden – irgendwo an der Mauer.

Und von diesem Tag an war Robert misstrauisch geworden gegen alles, was sich ihm näherte. Und er war misstrauisch, schon bevor es sich ihm näherte. Niemanden ließ er mehr an sich heran.

Frühmorgens war er bereits traurig, wenn er aufstand und zur Arbeit ging, und er war traurig, während er arbeitete, und traurig, wenn er wieder nach Hause kam. Daheim war er traurig, weil er genau wusste, dass Maria wusste, dass er traurig sein würde. Und abends war er traurig, weil am nächsten Morgen alles wieder so wäre wie am Vortag. Ohne Licht – ohne Horizont.

4

Operatives Gutachten

Robert K. ist seit Anfang November 1986 in ärztlicher Behandlung. Er wirkt stark abgemagert und verunsichert. Seit mehr als fünf Jahren ist die Vorgangsperson rechtswidriger Gesuchsteller auf Ausreise. Innerhalb des Operativen Vorgangs Kohle tritt er, nach Zuführung des Heinrich F. in den Jugendwerkhof Torgau, nur noch selten in Erscheinung. Es kann eingeschätzt werden, dass die eingeleiteten Maßnahmen Wirkung zeigen. Inoffiziell wurde bekannt, dass die bearbeitete Person nach der wiederholten Ablehnung seiner Gesuche öffentlichkeitswirksame, feindlich-negative Handlungen plant, die zur Diffamierung der DDR geeignet erscheinen. Ein ständiger Kontrollprozess zu allen Aktivitäten der Zielperson ist zu gewährleisten, um frühzeitig Aktionen im Rahmen seines Arbeitkreises zu erkennen und seine Motive aufzuklären. Dabei haben sich die Kontroll- und Disziplinierungsmaßnahmen auch über den gesamten Arbeitsbereich des »R.« zu erstrecken.

– *Deine Arbeit hast Du nicht erwähnt. Schau in Deine Hände, Papa. Wenn ich den Schwielen folge, fällt es schwer, zwischen Rissen und Lebenslinien zu unterscheiden. Was ist vorbestimmt und was zufällig eingegraben? Schorf und Narben sind alles, was ich sehe. Und das macht mir Angst, Papa. Angst, wie es aussieht in Dir …*
– *Du konntest nicht weg, musstest bleiben. Bestrafung ohne Urteil. Arbeit als Buße. Aufgezwungen – ohne Recht und Gesetz. Zur Zurückgewinnung …, wie es hieß … unbefristet … ohne Trost …*
– *Aber was sagst Du? Nimm nichts und niemand in Schutz, Papa. Alles – nur das nicht. Deine Hände strafen Dich Lügen. Sie sind gegerbt wie das Leder, mit dem Du das Licht durchs Fenster holtest. Ein Ausblick – eine tägliche Gnade. Und wenn ich Deine Tränen sehe, ab und an, wenn Dich die Erinnerung schüttelt, dann wünsche ich mir, Du mögest die Sprache finden, damit der Schorf trocknet und die Wunden heilen.*

Der Antrag

Im November des Jahres 1986 verlässt einer am frühen Morgen des 18. in der Stadt L. im Sächsischen seine Wohnung in der Kohlenstraße 8, um mit dem Rad zur Arbeit zu fahren, zum Putzdienst, ein üblicher Vorgang, der sich seit mehr als fünf Jahren in seinem Leben beständig wiederholt, ausgenommen an Feiertagen und am Wochenende; heute sind Kranbahn und Sheddach zu reinigen, morgen die Standfenster im Schlachthof, nächste Woche die Glasdurchgänge der Psychiatrischen, die Waldklinik am Fuchsklamm; wie immer um diese Zeit sind die Straßen leer, nur hin und wieder Betrunkene der letzten Nacht; über den Körner-Platz fährt er in Richtung Südstadt, vorbei am Alten Graben und der Andreaskirche, rechts und links im Halbdunkel ausgehöhlte Mietshäuser und verwaiste Fabrikhallen; er grüßt flüchtig einige vorbeihastende Passanten, die er vom Sehen kennt, nicht viele, vier oder fünf vielleicht, jeden Morgen zur selben Zeit trifft er sie, ausgenommen am Wochenende und an den Feiertagen; dann senkt er seinen Blick zu Boden, Kopfsteinpflaster und grauer Asphalt, schneidende Kälte im Gesicht und an den Fingern; Arbeitstasche und Wischeimer schwanken an seinem Lenker, das Fensterleder klumpt vereist obenauf, Wischer und Pinsel haken dazwischen; ab und an kläffende Hunde hinter Gartenzäunen und Hofeinfahrt; von Zeit zu Zeit blickt er auf und schaut nach vorn auf die Fahrbahn, er vergewissert sich, dass niemand vor ihm ist, aber dann übersieht er doch fast einen Alten im Morgendunst, einen gebeugten mit zittrigen Gliedern, der im Blaumann zur Schicht kraucht, hinüber zur Spinnerei an der Raschwitzer Brücke; im letzten Augenblick weicht er ihm aus, nur mit Mühe gelingt ihm der Schlenker, er entschuldigt sich bei dem Alten mit einem leicht abwesenden Winken und fährt vorüber, ein Fluch hallt ihm nach; ein Morgen wie andere auch, es ist alles so, wie es immer ist, seit mehr als fünf Jahren: er ist auf dem Weg zur Arbeit, zum Putzen: Fenster, Glas und Boden – da ist nichts falsch zu machen, da kann nichts passieren; und doch ist etwas, was anders ist als sonst, eine drückende Stille – an diesem Tag, nicht greifbar, aber dennoch vorhanden, ein Ohrensausen, ein Stechen, das an ihm zerrt; er fährt langsam eine Kurve, biegt in Richtung Schlachthof, vorbei an Mülldeponie und Schulwehr; menschenleere Straßen, ein Bauwagen am Rand, zwei Türen, hinten und vorn, ohne Klinken, Eisentreppen mit Geländer und Sprossen, gusseisern, Fenster mit Milchglasscheiben, matt erleuchtet; ein leises Knistern der Neonröhren, die Luft elektrisiert; als er vorbeifährt – ein stilles feines Summen; Reihenuntersuchung, denkt er; ein Röntgenwagen, dunkelblau, schwarzgrau, sonst nichts; die Kälte greift ihn an, jeder Pedaltritt schmerzt im Kopf, der Frost nistet sich ein, es klirrt hinter der Stirn, die Ohren schmerzen wie die Finger, die langsam taub werden, ein fremdes, leicht abwesendes Grinsen ist auf seinem Gesicht, beinahe eckige Bewegungen beim Strampeln, kein Laut dringt zu ihm, alles scheint in sich erstarrt, fast erfroren; das feine Summen weicht nicht, hält ihn gefangen und bleibt im Ohr zurück, während ich Robert K. in die Nordhalle von Werk IV gehen lasse; Kranbahn und Sheddach sind dort zu putzen, direkt unterm Spitzdach, oberhalb von Laufschiene und Stromkabel, in schwindelnder Höhe: die Sicht für den Drehkran; und obgleich die Sirene das Ende der Nachtschicht verkündet, kommt ihm hier auf dem Busplatz niemand entgegen; selbst am äußeren Tor, neben Rampe und Gleisen, ist das Wartehäuschen verwaist; erst am zweiten Posten wird er überprüft; der Wachmann an der Schranke kontrolliert nur flüchtig, beinahe freundlich nickt er ihm zu; kein Fluch hallt ihm nach; doch bevor Robert K. die Halle betritt, setzt er sich noch kurz in die Kantine; abgerückt von den anderen, den wenigen, die an diesem Morgen zur Putzkolonne gehören, getrennt durch einen Corridor sanitaire, sitzt er allein am Tisch und trinkt seinen Kaffee, ohne dass mit ihm gesprochen wird, ohne dass ihn fremde Blicke streifen, ein normaler Vorgang, der sich seit mehr als fünf Jahren in seinem Leben wiederholt, ausgenommen an Feiertagen und am Wochenende; so ist es empfohlen, nachdrücklich, so soll es sein und so ist es auch; selbst an Tagen, an denen kein Stuhl und kein Tisch mehr frei sind, sitzt er allein, isoliert, in sich verstummt; Minuten später ist Robert K. dann aber doch oben auf der Laufschiene der Nordhalle und wässert, halb sitzend, halb kniend, die seit mehr als fünf Jahren nicht gereinigten Dachfenster, in schwindelnder Höhe, zehn Meter über dem Boden; Standfenster mit doppeltem Ober- und Unterlicht; stechendes Blitzen und Funkeln verdichtet sich zu einem gleißenden Licht aus aufgewirbelten Staub, als er die ersten Scheiben wässert, ein Licht, das sich allmählich zu purpurnem Dunst des beginnenden Tages entzündet, mit Qualm, Öl und Wasserdampf vermischt, der Geruch von beißender Bohrmilch und ölgesättigten Bodendielen strömt vom Grund der Halle herauf, und Robert K. öffnet für einen Moment die Dachluke, um atmen zu können, um Luft zu schnappen, abermals umgibt ihn die drückende Stille, dann ein Surren, ein Vibrieren und Poltern, das von draußen zu kommen scheint; dumpfe Geräusche lassen ein seltsam vertrautes Summen im Ohr zurück, Kälte greift ihn an, obwohl es unterm Dach warm sein müsste, das Summen wird stärker, die Luft – elektrisiert und stickig; ein leises Knistern, das nach und nach zu einem Dröhnen anschwillt, dem er sich nicht entziehen kann, mit beiden Händen hält er sich die Ohren zu, ein Stechen, ein Sausen, dann ist es vorbei, er wirft seinen Kopf nach hinten, doch erst allmählich lässt der Schmerz nach, wie wenn Dampf abgelassen wird, nur ein leichtes Zischen bleibt zurück; Blut rinnt plötzlich aus Nase und Mund, oberflächlich wischt er es mit dem Ärmel ab; dann ist es vorbei; durch die geriffelten Fenster zeichnet sich Himmel ab, nach und nach treten die Konturen eines Schornsteins hervor, schemenhaft, unwirklich, mit kreisenden Vögeln ringsum, und ich lasse Robert K. die Dachluke ein zweites Mal öffnen und kurz hinausschauen, einen Moment nur, einen kurzen Moment, bis er auf den schmalen Laufsteg oberhalb der Kranbahn steigt, ungesichert, ohne Gurt und Leine geht er hinauf, um die Oberlichter mit Säure zu waschen, von innen, mit Salzsäure, verdünnt; Drahtglas, verdreckt von Ruß und Schleifstaub von Jahren; und vor der Halle, auf der Straße, in endloser Tiefe, noch immer ein einzelner Bauwagen, schwarzgrau oder blau; und dann, wieder einen Moment später, fangen die Scheiben zu zittern an, der Laufsteg vibriert ein wenig, wie wenn es nicht anders sein müsste, dann Ruhe, nichts sonst, die Geräusche verstummen, flackerndes Neonlicht, kaum Sicht, plötzlich ein grelles Aufleuchten, für Sekunden nur, ein Blitz ohne Donner, aber Dr. Robert K. achtet nicht darauf, das stille sanfte Sausen und das Leuchten gehen an ihm vorüber wie an anderen Tagen auch, langsam tastet er sich auf dem Laufsteg voran, Schritt für Schritt putzt er sich vorwärts; ab und an zieht er Wischer und Leder ab, poliert die Scheiben und fegt die Simse frei; ein, zwei Stunden geht das so, bis er fertig ist; schließlich – auf dem Rückweg – lasse ich Dr. Robert K. die Bodenklappe für den Abstieg anhieven, vorsichtig, ohne ruckartige Bewegungen zu machen, um das Gleichgewicht zu halten; wieder und wieder versucht er es, doch die Klappe ist verschlossen, lässt sich nicht öffnen, unten, zwischen Mittelstation und Laufschiene versperrt eine Leiter den Ausstieg, eine Leiter, die vorher nicht dagestanden war, eine gusseiserne Leiter mit Sprossen, die alles verkeilt; gebeugt über Kranbahn und Schiene, kann er sie sehen; schweißnass müht er sich, sie zu erreichen, mit Wischer und Besen beiseite zu stoßen, bis er erkennt und begreift, dass er es nicht schaffen kann, allein nicht schaffen wird; fassungslos stiert er auf Leiter, Sprossen und Luke, und er klopft auf das Drahtglas der Fenster und er ruft und er schreit in die Halle hinein, bis er in haltloser Angst mit dem Wischer auf den Rahmen der Klappe schlägt; ununterbrochen hämmert er aufs Glas, aber er wird nicht gehört und nicht gesehen; Absaugfilter und Ventilatoren lärmen entsetzlich – irgendwann sinken seine Arme zu Boden; sein Blick senkt sich – und während ich das Staunen und die Wut im Gesicht von Dr. Robert K. sehe, sitze ich hier allein in dem Zimmer, das nicht nur ich das gelbe nenne; ein fensterloser Raum, in dem das surrende Knistern der Neonröhren im Ohr schmerzt wie der Widerhall der polternden Schritte im Korridor hinter der Stahltür; ein üblicher Vorgang, der sich seit Jahren in regelmäßigen Abständen wiederholt, ausgenommen an Feiertagen und am Wochenende, seit Jahren, Dienstag für Dienstag, gleichförmig verteilt über Wochen und Monate; und ich sitze hier, im gelben Zimmer, wie eh und je, auf einem der graublauen Plastikstühle, seit Stunden, Tagen und Jahren, und ich weiß Bescheid, mit nüchterner Gewissheit weiß ich plötzlich Bescheid; es ist Dienstag, der 18. November, und ich weiß, dass ich vergeblich warte, wieder vergeblich warte, wie seit Jahren bereits, niemand ruft meinen Namen, niemand öffnet mir; aber heute ist alles anders, es ist nicht so, wie es immer ist, denn zum ersten Mal weiß ich, weiß ich genau, dass ich nicht stehen bleiben werde, dieses Mal nicht stehen bleiben werde, morgen, übermorgen oder an einem anderen Tag, oder in einer anderen Nacht, die kommen wird, wie wenn es nicht anders sein müsste; wenn der

Scheinwerfer blendet, inmitten des Kolonnenwegs, Sperranlagen, Achtung – Staatsgrenze, passieren verboten – Lebensgefahr, dass ich weiter gehe, vorbei an Stolperdraht, Sperrgraben und Schutzstreifenzaun, weiter gehe, auch wenn der Lautsprecher vom Postenturm klirrt und plärrt und die fremde Stimme HALT schreit, HALT, stehen bleiben oder ich schieße …

5

Archivvermerk I

Bei nochmaliger Durchsicht des operativen Ausgangsmaterials wurde festgestellt, dass die Vorgangsperson Robert K. bereits in der Vergangenheit feindlich-negativ angefallen ist. Im Rahmen der sogenannten »offenen Jugendarbeit« entwickelte die bearbeitete Person seit dem Frühjahr 1975 starke Aktivitäten in der Vorbereitung und Durchführung von Veranstaltungen im Raum Leipzig Land/Zeitz. Hierdurch konnte er sich rasch das Vertrauen des Pfarrers xxx erwerben (OV Störenfried). Auf der Grundlage dieses Vertrauensverhältnisses wurde der »R.« zum Sprecher mehrerer Aktionen gewählt. Mutmaßlich durch die Ideen und Ansichten des OV Störenfried wurde die Vorgangsperson in seiner negativen Grundeinstellung inspiriert. Inoffiziell konnte erarbeitet werden, dass der »R.« die Zeugenprotokolle des 18. August 1976 kennt. Es ist nicht auszuschließen, dass die Zielperson bei seinen Recherchen konspirativ in fremdem Auftrag handelt. Kontrollmaßnahmen sind zu realisieren.

– *Nein, es ist nicht vorbei. Und es ist auch nicht zu lang her.*
– *Es gab ein Unglück …, ich hab davon gehört. Nichts genaues … nur Gerüchte.*
– *Was wirklich geschehen ist – ich weiß es nicht …*
– *Rippicha … Drossdorf … Zeitz … Mir sagen die Namen nichts.*
– *Ich dachte, er war von der Kohle … einer von Euch …*
– *Ja, mag sein, hab' ich verwechselt …*
– *Und die Zeugen? Du kennst die Berichte …*

Baum vorm Fenster

Ja, ich war dabei gewesen. Hab' alles gesehen. Von Anfang an.

Ich habe gesehn, wie er ankam.

Der Wartburg – er allein hinterm Steuer.

Es war Frühstück. Ich bin drüben am Kiosk gestanden. Wie immer. Stand da und hab' die Zeitung gelesen; habe auf die Kollegen aus dem Depot gewartet.

Als sein 311'er hielt, quietschten die Räder. Stoppte ganz plötzlich. Ohne Grund. 's war alles frei. Mein Grauer hat keine zehn Meter weg gestanden. Konnt' ich gut einsehn alles.

Ich habe mich noch gewundert …

Ja, Stangen, Latten und so Zeugs auf 'm Dachgepäckträger. Nichts weiter. Außer den Kanistern.

Der stoppte ganz plötzlich, mitten auf 'm Platz. Hielt da – einfach so. Stieg nicht aus, blieb sitzen, hat da gesessen und guckte hinterm Lenkrad.

Kraftfahrer, ja, Kraftfahrer. Fahrerlaubnis für alle Klassen. Arbeite beim Städtischen. Das hab' ich aber schon gesagt: beim Städtischen. Zwanzig Jahre. Seit zwanzig Jahren die gleiche Tour. Morgens und abends. Immer gleich. Sommers wie winters. Unfallfrei, selbstverständlich! Das versteht sich. Die ersten elf hab' ich auf'm ROBUR gesessen, das Jahr drauf kriegt ich dann meinen Grauen.

Verheiratet? Nee, verheiratet bin ich nicht. Das nicht.

Kinder?, nee, auch nicht.

Hat nich' gelangt dazu. Dazu nich'. War nie Zeit. Früh um fünfe, abends wird 's meistens elf. Dazwischen mal hier ein paar Stunden, mal da 'ne Fuffzehn. Was zählt das schon.

Welche macht das mit? Welche lässt sich darauf ein? Die Frau gibt 's nicht. Sagen sie selbst …

Freilich, ich weiß – ein Lotterleben.

Anfangs hab' ich 's gut gefunden. Ungebunden und so. Keine feste, keine Verpflichtung, keine Hudelei. Heute hier, morgen da. Freies Leben, freier Mann, dacht' ich. Ist lang her, dass ich so gedacht hab'. Hab' mir längst die Hörner abgestoßen, draußen, auf'n Straßen. Ist kein Leben nicht.

Gekannt hab' ich ihn nicht. Nicht so richtig jedenfalls. Nur so vom Hörensagen. Verstehen sie?

Gehört? Gehört hab' ich freilich schon einiges von ihm. Alles alte Geschichten. Man kommt ja so herum. Morgens hier, abends da. Verstehen sie? Da wird schon mal mit Dreck geschmissen, da wird nicht gespart. Aber gekannt hab' ich ihn nicht, hab' nur alles gesehen.

Von Anfang an.

War dabeigestanden als es passierte. –

Baum vorm Fenster; Flügelfenster mit Oberlicht. Der Mann im Bett. Der grüne Zweig ragt ins Zimmer. Das Bett gehört dem Hospital, wie die Branddecke, das Gelkissen und der Infusionsständer neben dem Bett. Nur der Zweig gehört zu dem grünen Ast, der sich gabelt und dem Baum gehört. Aber auch der gehört zum Hospital.

Nee, ich weiß nischt.

Nur das, was die Frau erzählt hat.

Ja, – die aus 'm Kiosk.

Die Alte.

Die kam zur Besuchszeit. 's gab aber nichts zu besuchen. War nicht gestattet.

Der Oberarzt. Sie verstehn? Und die von der Sicherheit.

War alles gesperrt.

Und dann war 's zu spät.

Mir war gar nicht hübsch an dem Tag. So im Bauch und so.

'ne Frauensache – war halt so.

Ich wollt mich schon krank melden, aber ich hatte den Frühdienst. Die hätten mir was erzählt, die Kollegen, wenn ich daheeme geblieben wär'.

Die hätten mir eene verdengelt; das kann ich Ihnen sagen.

Ich hatte doch Aufwachraum.

Das hätt' 'nen Spuk gegeben, wenn ich nicht …

Das geht nicht. So einfach geht das nicht. Da muss man schon kommen. Da ist kein Ersatz.

Ich bin also losmarschiert an dem Morgen. Wie immer. Bin gegangen. Ganz brav.

Ich kann das nicht, einfach so wegbleiben – was solln die Kollegen denken?

Das geht doch nicht.

War dann aber doch auf Station und nicht in der Schleuse, war nichts los im Aufwachraum. Und die Station – wie leergefegt an dem Morgen. Bei der Übergabe – kein Intubierter, kein Beatmeter, nur leichte Fälle, die verlegt werden konnten. Auf Normalstation oder so. Nüber – auf die Innere oder zur Chirurgischen.

Gegen Mittag wollt ich 'ne Fliege machen. Mir war doch nischt hübsche. Wollt nach Hause, war doch nischt los. Gar nischt. Wollt mich auslösen lassen, da is' es passiert. Da is' er gekommen; musst ich bleiben.

Ich war doch verantwortlich.

Ja, aufgenommen hab ich ihn – und die Erstversorgung auch.

Nee, gesagt hat der nischt.

Bei Bewusstsein …?, ja, war er gewesen.

Ganz klar hat der geblickt und hat alles verfolgt. Genau verfolgt. Was ich tu und was ich mach. Aber gesagt hat der nischt. Kein Sterbenswort. Hat nur geguckt.

Und wie der geguckt hat.

Tat mir leid, der Pope.

War doch noch ein junger Mann …

Oder?

Jedenfalls hat das die Alte erzählt. Die vom Kiosk. Hat mir erzählt, was passiert ist. Was wirklich passiert ist.

Vorher wusst' ich nischt.

Und die auf Station wussten auch von nischt.

Oder sie haben 's nicht gesagt … kann sein.

Nachher wusste jeder was. Alle.

Vom Kirchturm, vom Neonkreuz, und von den Karnickeln am Altar …

Da hat jeder kräftig zugelegt.

Aber, ob 's stimmt …

Keine Ahnung.

'ne schlimme Sache –.

Nicht wahr?

Oder?

Warum er 's gemacht hat?

Keine Ahnung … Was weiß denn ich?

Mir hat er 's nischt erzählt.

Das könn' sie glauben.

Wirklich.

Kein Sterbenswort, hat er gesagt.

Nicht eins.

Baum vorm Fenster; Zweige im Oberlicht. Die Zweige treiben ins Bett. Im Bett klebt der Tag an der Haut wie die Sonne am Himmel. Die Wimpern am Auge stehen nicht. Kein Haar steht mehr, nur die Sonne steht im Fenster. Die Augen unter der Branddecke sind klar. Die Zweige schlagen vom Fenster ins Licht. Das Licht fällt auf den Baum, der den Schatten wirft im Park und auf den Wegen.

Jawohl, Genosse.

Kradfahrer bei den Pionieren. Gefreiter im dritten Zug.

Wollt' zurück zur Einheit.

Jawohl. Stillschweigen! Kein Wort. Streng Vertraulich.

Zu Befehl.

Morgens Appell, Antreten und Abzählen, Kleiderordnung. Dann der Fahrauftrag zum MB. Kaum angekommen, musst ich schon wieder zurück. Vergatterung, sie versteh'n? – wegen der Vergatterung. Bin gerast wie' n Gesengter.

Tagesdienstablaufplan. Wache. GUvD. Ab Nachmittag hatt' ich Dienst. Im Med-Punkt, sie verstehn?

Musste doch zurück.

Wollt' doch in Urlaub.

Hab' ihn stehn sehn – wie er da stand. Hab' die Karre hingeschmissen und bin zu ihm rüber. Er los – ich hinterher, und dann stürzt' er gegen die olle Telefonzelle, direkt vor der Michaelis.

War noch einer mit 'ner Decke da. Kam angerannt, aus'm Bus oder so. Rannte wie 'n Irrer. Und wir zwei – nichts wie nüber zur Kirche, nichts wie drauf auf ihn.

Hab 'n umgeworfen – mein Einstrich runtergepfeffert und ihn abgerieben. Immer druff mit der Jacke. Scheiß drauf. Und der andere mit der Decke – immer druff.

Was sollt' ich machen? Verdammt.

Hab' sowas nie gesehn.

Keine Ahnung wie man ’s macht.

Nee, Schilder hab’ ich nicht gesehen. Ging alles zu schnell.

Ja – ja, ja. – ’s is schon gut.

Konnt’ sie jedenfalls nicht lesen. Hat sich doch der VoPo gegrapscht –, will sagen, hat der Genosse von der VP …

Nein. Hab’ ich nicht gesehen.

Nein, auch nicht.

Kanister? Nee – Kannen warn das, Milchkannen – oder so.

Fotos? Nee, auch nicht.

Keiner.

’s war ganz still gewesen. Keener hat ’n Wort gesagt. Auch er nicht, wie er so dalag – so in der Decke und so. Und seine Haare und die Lippen und die ausgehöhlten Wangen. Schlimm. Er hat mich angestarrt mit seinen Augen. Immerzu angestarrt. Streng und doch freundlich.

’s hat mich noch keiner so angeschaut.

Und die Leute haben geschwiegen, ringsum.

’s war still.

Ich meine …

Glaub’ ich, – ja, zumindest ….

Jawohl, – ’s war still.

Muss ganz still gewesen sein.

Da hat keiner was gesagt. Ganz sicher nicht.

Waren auch nicht so viele.

Waren dann alle weg.

Wollt’ doch in Urlaub fahrn.

Im Fenster das Oberlicht, der grüne Baum. Daneben der Park mit dem Teich und dem Karussell. Davor: Väter und Großmütter, Knirpse und Halbwüchsige. Das Karussell dreht sich. Einmal, zweimal, dreimal. Nach der fünften Runde steht es und wartet und schaut auf die, die stehen und warten. Leises Anklingeln.

Abfahrt. Zwei Elefanten hinter wippenden Pferden. Federbüschel hüpfen müde im Wind. Ein-, zweimal, dreimal. Streitende Jungen. Eine Glocke. Zweig gabelt Ast. Der Baum steht im Oberlicht, schaut ins Bett. Im Zimmer verstummt die Glocke.

Es ruckte einfach nicht. Ging nicht vorwärts an dem Tag. Erst keine Menschenseele, dann gleich so viele. Und als es passierte, warn doch alle wieder weg, ganz schnell. Weißgott. Und dann war abgesperrt.

Seit halb sieben hatt' ich den Kiosk offen.

Früh die Wismuter von der Schicht, dann die Schüler. Bockwurst, Buletten und Bier. Ratzputz war da die erste Fuhre weg. Kam gar nicht mehr nach. Und die Zeitung war auch schon fast aus, an dem Tag. Wollt' anrufen gehen, damit die aus der Stadt noch welche schicken, auf 'n Nachmittag oder so. Da is' es passiert.

Hab' nicht geschnallt, was da eigentlich abging. Anfangs. Hab' nur den Fahrer vom Städtischen und den Armeeler gesehn, wie die loswetzten. So mit Decken und so. Und dann erst sah ich, was wirklich los war, wie er da so lag.

Jesusgott, 'n Unfall, dacht' ich. Ich weiß noch, ich wollt' gleich nüber zum Telefonieren. 'n schlimmes Unglück, Notarzt und so, aber 's war kein kaputtes Auto zu sehen. War nichts da. Hab' geguckt. Nichts. Nur die Leute und der Gestank nach Verbranntem.

Und der Lottoladen, der macht ja erst um zwölfe auf. Die haben Telefon.

Um Himmelswillen, dacht ich noch bei mir, wer hat Telefon? Wohin laufen? Ich war schon ganz durchgedreht. 's war doch so heiß gewesen. Ich sag noch zu einem von der Brauerei ... ja doch, da stand einer, von der Brauerei.

Weiß nicht.

Keine Ahnung.

Glaub' nicht, dass der mehr gesehn hat.

Kenn' den nicht. Nein.

Der war dann auch wieder weg, als die von der VoPo kamen.

Sind alle weg – vor der Absperrung.

Ja, ja. Schon gut.

Aber ich will ja nicht zuviel sagen. Was soll's. Die Leute hatten Schiss. Verstehen sie? Schiss. Richtig Schiss. Wer nichts sagt, sagt auch nichts Verkehrtes. Oder?

Und gesehn? Fragen sie doch 'mal, wer hier was gesehen hat?

Keiner – nichts.

Ich bin eine alte Frau, lassen Sie mich in Ruhe.

Ich sag' nichts mehr.

Hab' schon viel zu viel gesagt.

Den Kiosk können sie mir nehmen – und die Rente vielleicht auch. Was soll 's. Und Reisen? – Verwandte hab' ich nicht.

Aber gesehen, das könn' sie glauben, gesehen haben 's alle. Alle. Verstehen sie? ALLE.

Hinter dem Bett klebt das Bild. Das Bild hängt das ganze Jahr. Der Sommer sticht in das Bild bis es verblasst und alle Monate vergehen, bis zum nächsten Sommer. Draußen rasselt das Karussell am Teich. Hinter Elefant und Pferd klappert ein Tank. Ein Panzer: T-34. Roter Stern im Kreis auf weißem Grund. Der Panzer ächzt überladen, wie Sputnik und Rakete. Nur Pferd und Elefant kreisen leer. Ein-, zwei-, dreimal. Abklingeln. Das Karussell lehnt seinen Schatten an den Baum im Park. Der Zweig blickt ins Oberlicht des blinden Fensters, das jetzt halb geöffnet ist …

6

Archivvermerk II

Friedrich D., Vater der Vorgangsperson Maria B., ist für die Bezirksverwaltung Neubrandenburg erfasst und archiviert. Über einen Sammelsuchauftrag der Hauptverwaltung Aufklärung wurde festgestellt, dass der D. bis Anfang der fünfziger Jahre als vermisst galt.

Friedrich D. besitzt heute die amerikanische Staatsbürgerschaft. 1983 versuchte er illegal über die BRD in die DDR einzureisen. An der Grenzübergangsstelle Probstzella konnte er am 16. September 1983 gestellt und vernommen werden. Nach eigenen Angaben war er unterwegs zur Tochter Maria B. und deren Mutter Lisa B. Die Auswertung des Archivmaterials ergab keinen aktuellen Handlungsbedarf. Postalischer Kontakt zur Tochter und zur Zielperson Robert K. (OPK Robert, OV Kohle) wurden durch unsere Diensteinheit bestätigt. Die Kontakte bestehen in loser Form nach wie vor (Frequenz 1982: 19 Briefe, 5 Postkarten, ein Telegramm).

– *Und Opa – was ist mit ihm?*
– *Südamerika … ich weiß, … kurz vor Mamas Geburt. Oma hat 's erzählt.*
– *Sonst weiß ich nicht viel. Nicht einmal, warum er fort musste.*
– *Oma hat Mama allein erzogen; Frauenwirtschaft … Und dann … was war dann …?*
– *Er kam zurück …?*
– *Weil er krank war …?*
– *Sag mir, an was Du Dich erinnerst.*

Die Feldbahn

Es wird sich seit damals nichts verändert haben. Die alten Eichen am Hohlweg zum Dorf, dahinter der Wald mit dem Moor, dann der Wall und das Schloss. Falls es noch steht, werden sich die Mauern wie eh und je im Klostersee spiegeln. Klaftertief fallen die Schatten der achthundertjährigen Türme auf den See; neben Schilfrohr und Binsen werden sie Versteck spielen mit den Wellen.

Vom Wald herüberkommend, den Fußweg über die Stoppeläcker, vorbei an den Höfen der Großbauern, die, falls auch sie noch stehen, mit den spitzen Giebeln ihrer Dächer jeden willkommen heißen, der über die Wiesen und Felder herankommen wird. Obenauf das seit Urzeiten verwaiste Storchenrad. Die sandige Backsteinstraße wird der kürzere der beiden Wege sein. Auch ohne Wagenspuren zwischen den brachen Feldern wird sie sich finden lassen, die Straße zum Friedhof, vorbei am Bahndamm, der alte Schulweg.

Am Hugenottenfriedhof immer geradeaus; irgendwo dort mündet der Backstein wieder in einen der vielen ausgefahrenen Feldwege ein. Hinter dem kleinen Wäldchen bei den Erlen beginnt das Gut der Siebenhöfler; rechts davon steht Großvaters Haus. Das Reetdach glänzte an nebligen Tagen wie weißglimmende Kienspäne im Leuchtturmkessel; über den Wiesen lotste es von ferne allen den Weg, die damals zu uns kamen.

Im Hoftor noch immer das rostige Gatter, fehlende Schmiere und Farbe. Die letzten Schritte zum Haus. Die Kette am Mauerring, der Hund schlägt an, wildes Gekläff, braver Hund, treuer Hund.

Pass bloss up du, nun bün ik wedder dor. Schaodt je niks, wenn du'n büschen uppasst hast all de Jahr. Dat schaodt sche eh niks.

Strohblumenzeit. Der Ententeich, die Ställe, der Kohlenkeller im Hof, unser Bunker. Alles wird seltsam vertraut sein. Am offenen Fenster wird Mutter beim Kränze flechten sitzen, die Gardinen halb zurückgezogen, daneben, auf dem Fensterbrett, eine Tasse heißen Muckefuck, Kamillentee oder anderes. Sich weit über den kleinen Tisch und den Blumenkasten beugend wird Mutter neugierig über ihre Brillenränder schauen. Dem Fremden womöglich ohne jeden Argwohn Bockbier und Brot reichen wollen, ehe sie dessen Erstaunen bemerken wird. Das Erstaunen des Mannes, der mit der Feldbahn gekommen sein muss; der noch immer am Schober steht, etwas linkisch und unbeholfen, in seinem früher einmal elegant gewesenen Anzug, … der sich nicht satt sehen kann an Hof und Garten, der den Stalldunst von Kleie, Stroh und Mist tief einatmet, als sei es der unverbrauchte Atem eines vergangenen Lebens.

Der Zug hielt auf freier Strecke. Das Signal stand auf Halt.

Abseits der Gleise – ein nackter Betonturm. Dahinter: Metallgitterzaun und KfZ-Sperrgraben. Die Elektrozäune und Minenfelder waren passiert, grelle Scheinwerfer erhellten Triebwagen und Zug. Systematisch durchsuchten Militärstreifen die Abteile; Grenzsoldaten und Zöllner kontrollierten die Pässe. Reisende wurden befragt, ihr Gepäck misstrauisch begutachtet. Die Lokomotive schnaufte laut. Unterhalb von Schwellen, Schienen und Schotter lösten sich dicke Dampfwolken auf. Eisenhämmer schlugen gegen Puffer und Achsen. Schäferhunde an langen Leinen patrouillierten unter den Waggons.

Taschenlampenlicht: Passbild, Gesicht, Passbild. Mitkommen!

Aus einem der vorderen Wagen führten Uniformierte einen Mann ab. Ein hagerer, hoch aufgeschossener Mann, Ende fünfzig, mit hoher Stirn, krausem Haar und schmalen, herabhängenden Schultern. Sanfte Gesichtszüge, Hornbrille, blasse Lippen. Seinen Koffer trugen sie ihm nach.

Kurzes Pfeifen, die Strecke war wieder freigegeben. Der Fahrplan musste eingehalten werden. Langsam rollte der Zug an.

... Gesucht wird Wilhelm Konrad A., geboren am 6. Juni 1938 in Königstein. Das letzte Mal wurde Wilhelm Konrad A. als sechsjähriger Junge von seiner Schwester, Maria Erika S., geborene A., während der Kämpfe um den Brückenkopf von Baranow in der Nacht vom 12. zum 13. Januar 1945 lebend gesehen. Die beiden Kinder wurden von deutschen Rotkreuzhelfern getrennt. Seitdem gilt Wilhelm Konrad A. als vermisst.

Vermisst werden Elfriede und Hannelore B. aus Neustettin. Sie sollen Anfang Februar 1945 zusammen mit anderen Flüchtlingen Gotenhafen verlassen haben. Am 4. Februar wurden die beiden Schwestern von einem Stabsgefreiten der Wehrmacht zu einem Sammeltransport in Richtung Schleswig-Holstein gebracht. Elfriede B. müsste heute 22 Jahre alt sein, ihre Schwester Hannelore 21. Ihr letzter Aufenthaltsort ist unbekannt.

Gesucht wird Friedrich D., geboren am 14. März 1924 in Dargun bei Demmin. Während der Kämpfe um Bischofswerder, Ende Januar 1945, war der junge Mann bei dem Onkel in Pyritz, Frankfurt/Oder untergebracht. Am 1. März 1945 verließ er gemeinsam mit der minderjährigen Lisa Blumenthal die Stadt in Richtung Güstrow. Nach Aussagen dieses Mädchens trennten sich beide am 26. März nahe Malchin. Weitere Informationen über den Verbleib von Friedrich D. liegen nicht vor.

Er konnte die Meldungen nicht vergessen. Beständig hörte er die monotone Stimme des Sprechers. Immer und immer wieder. Gesucht werden …, Vermisst ist … Das Radio im Kopf – es ließ sich nicht abschalten. Seit mehr als 20 Jahren nicht abschalten. Er hörte den Klang der Stimme, die sachlich und nüchtern war, das kurze Trommeln, den Pfeifton zwischen den einzelnen Suchmeldungen, das Knistern, das leise, das ihm damals wie heute suggerierte, wie wichtig dies alles war, was jener Fremde mit seiner stets gleichbleibenden, vertrauten Stimme verlas. Gesucht werden … Vermisst ist …

Er hatte wieder diese Kopfschmerzen …

Er saß in dem Zimmer der Bahnstation und wusste nicht, was er hier eigentlich sollte. Das Zimmer war nicht groß, eher klein. Ein beliebiges Büro mit Schreibtisch, Aktenschrank und Drehstuhl. Unter einer Schreibtischplatte aus Glas lagen verblasste Postkarten. Der Eifelturm, die Ermitage, Kettenbrücke und Gellertbrücke mit Zitadelle, Schloss Sanssouci. Sicher das Dienstzimmer irgendeines Zollbeamten, dachte er.

Jeden Moment erwartete er, dass einer der beiden Männer, die ihn aus dem Zug in das Zimmer geführt hatten, zurückkäme. Er wartete seit einer halben Ewigkeit darauf. Seinen Pass hatten sie ihm schon im Abteil abgenommen.

Blödes Visum, dachte er. Schiet ok. Bün doch hier geborn, wozu mutt dann da up eenmal so'n blödes Visum sin? Un de Großvader, un de Vader, de woarn doch ok allhier geborn un liggn nu do oben bey de Erlen begroabn. De Groab will ik sahn, van de Vader, den ik nit kannt hew as lütten Jung. Un Mutter, de will ik ok widdersahn, un Maria, mey lütten Dirn. Niks anners! Un long lewen kann ik ok nich mehr bannich long. Un dat Huus van Großvader, dat Huus, dat mot ik sahn, un niks anners hew ik me utdacht. De Wohrheit brukt niks anners as de Wohrheit. Teibel!, dat mücht doch gaon. Bey Gott. Gott weeß dat doch. Awer da glöwen sche je ok nich dran. Dey da. Dammich mal. Weeßgott ok.

Ruletka an Welikan bitte melden.
Ruletka an Welikan bitte melden.
qdf – qdf?
Stufe: – DRINGLICH –
Amerikanischer Staatsbürger, deutscher Abstammung,
aus dem Operationsgebiet
bei illegalem Grenzübertritt im D 1072 gestellt.
Kein gültiges Visum!
Name: Friedrich D., aus Michigan/Ann Arbor.
Früherer Wohnsitz im Zuständigkeitsbereich
von Landschaftsgärtner: Demmin/Malchin.
Fluchtzeitpunkt wahrscheinlich 1953.
Erbitten weitere Informationen Ihrer 410 an unsere 400.
Bei Anfall KK-Erfassung Ihrer 330 einleiten.
Sammelsuchauftrag an alle Bezirksverwaltungen und Kreisdienststellen
Zu benachrichtigen sind alle 333 und 330 der Abteilungen I,
XV, VIII, XII, BV 3,
BV 4, MB 3 und MB 4.
bt qll qll!
bitte quittieren!
qll 16/09/22.30 Uhr …

Jetzt in dem kahlen Raum erinnerte er sich plötzlich wieder an jenes Zimmer. Das Nussbaumzimmer des Försters. Das Buffet, der Sekretär, Louis Philippe oder früher Jugendstil. Warm und gemütlich war es da. Er erinnerte sich auch an die Zeit, als er gemeinsam mit Lisa und den Freunden Kartoffeln im Lagerfeuer gebraten hatte. In der Dämmerung hatten sie sich von zu Hause weggeschlichen, um sich draußen am Wäldchen Blutsbrüderschaft zu schwören. Der Geheimbund der Erlen.

Anders als im Juli zur Sonnwendfeier, dem Johannisfest, hatten sie an diesem Abend schweigend vorm Feuer gesessen; ohne Halstuch, Sturmriemen und Siegrunen an den Ärmeln. Nichts Trennendes war da. Der Bund der Erlen war ihr Geheimnis gewesen; ihr ganz eigenes, das sie mit niemandem teilen wollten. Auf Verrat stand der Tod. So hatten sie es geschworen. Einer nach dem anderen. Jungen und Mädchen.

Abwechselnd hatten sie frische Kienäpfel und dürres Schilf in die Glut geworfen. Das war Ende September. Raschelndes Laub, langsam welkende Blätter, splittriges Schilf. Der Geruch des trockenen Binsenhaares und der beißende Rauch der ersten Selbstgedrehten …, das alles hatte seine Besonderheit für ihn, die er sich selbst nicht recht erklären konnte. Der Duft seiner Kindheit. Und in der Erinnerung: Ein Mädchengesicht – Lisa Blumenthal. Das Strahlen ihrer Augen, ihr feuchter Mund. Ohne Kleider waren sie beieinander gelegen. Ihre Ellenbogen auf seiner Brust. Schneeweiß ihre Brüstchen. Ihr Haar verlor sich auf seinem Bauch. Ihre Scham berührte den seinen. Die Unterhose im Schuh, das Höschen im Schilf. Das Frösteln der Haut am Abend. Die Glut ihrer Körper.

Er hatte die Tage im Spätsommer gemocht, als er barfüßig über die Stoppelfelder rennen konnte. Flussabwärts, hinunter zu den Wiesen, zum Sumpf. Als die Scholle brach lag. Trocken und rissig. Als er mit den Zehen nach Schnecken gegriffen und Feldmäuse mit Einweckgläsern gefangen hatte. Zwischen Mehltau und Regenwürmern. Als der Schälpflug bereits die Äcker wendete und sich die letzten Trauermäntel im Dachgiebel einfanden. Das war seine Zeit. Jahr für Jahr. Im Krieg und in den späteren

Jahren, hatte ihn der Gedanke an diese kleine Welt am Leben erhalten; er hatte sich immer und immer wieder jenen eigentümlichen Duft des Lagerfeuers und der selbstgedrehten Kalmuszigaretten in Erinnerung gerufen; jener Abend mit Lisa, das Bild der Freunde, der hustenden Mädchen, damals am Wäldchen, als der Revierförster plötzlich aufgetaucht war.

De hett wohl all werre mücht woanners sin, bloss nich an'n Wech bey'n Erlen an den Obend. Dammich mal. Kam wir nich gegn an, dagegen. Nich gegen den olen Waldschratz.

Über die gepachteten Äcker der Fremdarbeiter hatte sich der Förster herangepirscht und sich wahllos jemanden gegriffen. Dass ausgerechnet er und Lisa Blumenthal es gewesen waren, die der Alte am Ärmel zu fassen bekam, war Schicksal. Nachdem der Förster das Feuer mit Sand gelöscht hatte, führte er die beiden zum Haus. Gekalkte Hausflucht, graues Reetdach, Brunnen davor. Das Haus des Försters lag noch hinter den Häusern der Siebenhöfler, ganz am Rande des Kiefernwäldchens.

… Suchdienst. – Neunundvierzigmeterband. Kurzwelle: Sechstausendfünfundsiebzig Kiloherz. Gesucht wird Hans-Ulrich B. geboren am 16. Juli 1936 in Lübbenau. Während der Panzerkämpfe um Lübben wurde Hans-Ulrich B. von seinem Bruder, Klaus-Dieter B. in der Nacht vom 9. zum 10. Februar 1945 … Beide Kinder wurden von deutschen Rotkreuzhelfern verschiedenen Transporten zugeteilt. Über Lauchhammer und Wittenberg gelangten beide nach Göttingen … Der Gesuchte soll laut Auskunft von … seit der Nacht vom 14. Februar 1945 in Dresden als ver…

Vermisst werden Frank, Elsbeth und Erika Sch. … Ende März 1945 mit anderen Flüchtlingen Pölitz verlassen … Beide Schwestern und der Junge sollen bei den Kämpfen um die Oderbrücke vom 26. bis 30. März einem Militärlazarett … Möglich ist … Sammeltransport Schleswig-Holstein. Ihr letzter Aufenthaltsort ist …

Unbekannt ist der Verbleib von Friedrich D. … Dargun bei Demmin. Bei den Kampfhandlungen um Bischofwerder Ende Januar 1945 … Pyritz, Frankfurt/Oder. Gemeinsam mit seiner Freundin, Lisa B. … Beide trennten sich … Der Gesuchte ist mehrfach in den Jahren zwischen 1948 bis 1953 von Bekannten im Raum Anklam/Malchin gesehen … Letzter Wohnsitz … Bereits vor der Geburt der Tochter Maria B. … Mutmaßlich Westdeutschland …, danach Übersee … Weitere Informationen über den jetzigen Aufenthaltsort sind …

Vermisst werden …, Gesucht wird …, Unbekannt ist …,

Suchdienst. Neunundvierzigmeterband. Kurzwelle: Sechstausendfünfundsiebzig Kiloherz. –

Ihm war plötzlich schwindlig geworden. Diese verdammten Kopfschmerzen, dachte er, diese Stille, das Trommeln, der Pfeifton, die Blasmusik. Er hörte die vertraute Stimme des Rundfunksprechers. Monoton und sonor. Ruhig und verhalten verlas der Fremde seine Meldungen. Wieder und wieder. Endlos reihten sich die Namen aneinander. Streng sortiert nach dem Alphabet, den Orten, den Tagen und Wochen ihres Verschwindens.

Dann schwieg die Stimme.

Als die Schmerzen nachließen, dachte er abermals an das Zimmer des Försters. Die Geweihe, der präparierte Elchkopf mit den Glasaugen. Den gelben. Jetzt sah er die ausgestopfte Eule, die ihn, wo immer er auch im Zimmer stand, anzublicken und ihm ihr leises Uuhrr Huu zuzurufen schien. Im Haus hatte der Förster sie festgehalten. Stunden, Wochen, Jahre. Ein Kinderleben. Zu jedem einzelnen Tier, das er geschossen oder erlegt hatte, kannte er eine Geschichte.

Als der Großvater kurz vor Mitternacht kam, in Uniform, mit Koppel und Schirmmütze, und er seinen Enkel und die Jüdin einsilbig mit einer Flasche Branntwein auslöste, schien der Förster nicht sonderlich erfreut zu sein.

Im Dorf hatte der Revierförster keine Freunde. Die Leute tuschelten oder sie sahen über ihn hinweg wie über einen Aussätzigen, wenn er montags beim Kaufmann am Kloster seinen Schnaps für die Woche holte. Seine Lebensration. Gelegentlich trank er im Deutschen Haus seinen Korn und sein Dunkelbier. An einem der hinteren Ecktische saß er dann, in sich gekehrt, ideenflüchtig, nicht lärmend, ruhig und weltabgewandt.

Man spricht nicht mit so einem. Ein anständiger Junge schon gleich gar nicht. Soweit käme es noch. Elende Unzucht, verdammte. Ausgerechnet so einer. In unserem Dorf …

Umerziehen …

Ausmerzen ….

Dascha nu banich ssu schpät, wat de Leut mitnanner utdacht hewn öwer de Waldschratz. Dat hew ik sche damals nich verstaon kön, von weschen de Gesinnung un all dat Tüch. Doe hew ik was gegn. Doe hew ik mi Muhl nich holtn kön. Hew ik nich. Weeßgott ok.

Ein Trinker sei er, hieß es. Ein Spinner, ein Säufer – und außerdem ein 175'er. Einzig der Lehrer, ein verschrobener netter Kauz, besuchte den Förster regelmäßig.

Kann man das verstehen?, das will ich doch meinen! Diese Sachen können vorkommen … tempus, temporis, tempori … bitte aufgepasst. In der Tat, wie ich gesagt habe: tempus, tempore, temporum. Ganz klar, das können Sie glauben, meine Herren, das ist gesichert! – Formal richtig … temporibus, tempora, temporibus. Und nichts anderes lasse ich gelten!

Förster und Lehrer mied man im Dorf.

Latein und Griechisch waren den Leuten fremd, – und das Jagen war keine Sache für rechtschaffene Leut'. Das nicht, sagte der Großvater, das war nicht statthaft. Den Leuten im Dorf war das Verhalten fremd. Zugezogene, Städter, Studierte, Fremde.

Landschaftsgärtner an Ruletka.
Landschaftsgärtner an Ruletka.
qdf qdf?
Stufe: – AUSNAHME –
Operative Maßnahme von Welikan eingeleitet.
Über das Objekt bei Landschaftsgärtner 330
keine Hinweise.
In KK-West von Freischütz II erfasst
Reg. Nr.: XV/1569/53
Person fiel seither nicht operativ an.
Tochter: Maria B. – erfasst.
Mutter der B.: Lisa Blumenthal. Jüdischer Abstammung. Erfasst.
Welikan 400 und 410 sind informiert.
Sammelsuchmeldung und Personenkontrolle
bei Landschaftsgärtner laut Maßnahmeplan eingeleitet.
verantwortlich: unsere 330.
bt qll qll!
bitte quittieren!
qll 17/09/00.15 Uhr …

Im Raum nebenan hämmerte der Fernschreiber seinen Takt gegen die Wand. Noch immer saß er in dem Büro. Deutlich vernahm er jeden Anschlag der Maschine. Anfangs war es ein flüssig zügiges Klopfen, dann ein eher zaghaftes, von kurzen Pausen unterbrochenes Antworten. Das Klopfen der Anschläge wurde seltener. Bis schließlich eine Klingel ertönte und der trockene Widerhall des Gerätes verstummte.

Es war wieder still ringsum und er fragte sich, warum er ausgerechnet hier in diesem Zimmer an die beiden Alten aus dem Dorf hatte denken müssen. Jahrzehntelang war ihm die Geschichte mit dem Förster und dem Lateinlehrer nicht mehr in den Sinn gekommen und nun plötzlich erinnerte er sich wieder an die belanglosen Begebenheiten jenes Abends im Forsthaus. Er erinnerte sich an die Tage danach, als er sich mit Lisa im Forsthaus einfand. Gelegentlich, hin und wieder. Dann immer öfter. Zunächst zu zweit – schließlich der gesamte Geheimbund. Immer häufiger kamen sie zu den Lesungen. Wieder und wieder waren sie dort untergekrochen. Abend für Abend. Manchmal jede Woche. Bis in die ersten Kriegsjahre hinein. Dann erst wurde es still um den Bund der Erlen, um das Forsthaus und die beiden Alten. Auf Verrat stand der Tod. So hatten sie es sich geschworen. Auch Mutter und Großvater wussten von nichts – ebenso wie Rabbi Blumenthal, Lisas Vater. Zu keinem ein Wort.

Irgendwann aber trafen sie sich nicht mehr. Nicht im Haus des Försters. Und nirgendwo sonst.

Arp und Heym, Klemm und Ball, Schwitters, Herzfeld und Tzara. Die Namen waren ihm im Gedächtnis geblieben wie die Erinnerungen an die Abende. Novalis, Kleist, und Hölderlin, immer wieder Hölderlin. Nichts war vergessen. Die Verse nicht und nicht die Dichternamen. Er kannte sie alle noch, jeden einzelnen, den sie gelesen hatten. Kannte sie, wie er den Geschmack des Tokajer und der ersten Havanna kannte.

»Wie ins weite Meer die Ströme gleiten, stürzen dir die Zeilen alle zu, in dem Schoß der Ewigkeiten, in des Chaos Tiefen wohntest du.«

Welikan an Ruletka.
Welikan an Ruletka.
qdf qdf?
Stufe: – FLUGZEUG –
Vorgang ausweiten – nach Maßnahmeplan
(Schlüssel GVS 00028 J1933 XX/4 64)
Hauptverwaltung Aufklärung, sowie Hauptabteilung XX,
Abteilung VIII, XII und Abteilung M zuschalten.
Maßnahme 26 F bestätigen!
Lichtbild, Fingerabdrücke und Geruchsproben sichern.
bt qll qll!
bitte quittieren!
qll 17/09/00.30 Uhr …

Einige Jahre nach dem Krieg, irgendwann während der Überfahrt, noch bevor er die Säulen der Brückengirlanden von Manhattan, die rostigen Seelenverkäufer oder die halbzerfallenen Trockendocks am Kai erblickt hatte, sah er den Revierförster wieder. Es gab Listen. Auch auf den Dörfern. Der Alte, der längst kein Förster mehr war, erzählte davon. Abschaum. Umerziehen. Ausmerzen.

Keiner wusste … und doch jeder; und nichts – und dennoch; Bergen-Belsen; im Lager, da wo kein Leben wohnte und nur der Tod pünktlich war, da war auch der Förster gewesen, hatte überlebt; war dort gewesen; der Alte erzählte ihm, wie er es jedem erzählte, der zuhören konnte; der Förster, der längst kein Förster mehr …, er zahlte mit dem Leben; dem eigenen; jeder nur mit dem eigenen; schützlinks; einfach, ganz einfach, das einfache Leben.

Dem Lehrer war die Internierung erspart geblieben. Eine Frau, eine Fliegerwitwe. Der alte Kauz hatte sich eingerichtet. Der war durchgekommen – über die Zeit.

Später: Mühlberg/Neuburxdorf, das andere, das zweite Lager. Da wo Seife und Papier, Bleistift und Notenblatt verboten waren. Das Schweigelager. Da war auch der Lehrer nicht davongekommen. Als Nazi und Bourgeois. Gebrandmarkt – vertrieben – angezeigt.

Ein Schüler – wie es hieß. Aus dem Dorf ...

Fünfundvierzig, sechsundvierzig. Aktion ›Neues Leben‹, da waren die beiden noch einmal zusammengetroffen; Lehrer und Förster. Da, wo das Grauen Tuberkulose, Typhus oder Diphterie, wo Schwäche Hunger und immer und immer Hunger hieß. Wo der Tod nicht mehr pünktlich und das Überleben nicht sesshaft war, da waren sie zusammengekommen. Förster und Lehrer.

Vita somnium breve est. Latein und Griechisch – wozu auch – umbra vincit omnia; Lehrer und Revierförster; ›Helfershelfer der Nationalsozialisten‹; Sonderkontingent; Speziallager; der Förster, der kein Förster ... und Sozialdemokrat obendrein, er erzählte es.

Der Lehrer kam nicht wieder; war nicht weggekommen; Jauchekolonne. Da kam keiner wieder; Mühlberg/Neuburxdorf, fünfundvierzig, sechsundvierzig; er erinnerte sich, der Förster hatte es erzählt; der Förster, der längst kein Förster ..., der hatte auch dieses Lager überlebt, wie das erste zuvor; Bergen-Belsen/Neuburxdorf.

Auf der Krankenstation sahen sie sich wieder. Der Förster und er. Unten im Zwischendeck. Gerötete Augen. Suchender Blick. Herbe Gesichtszüge. Kaum dass sie sich wiedererkannten. Damals, während der Überfahrt, lang bevor die Nebelhörner New Jersey ankündigten.

Jau, dor hew ik nu de Blinddarm all werre bi me gekriegt. Akuter Blinddarm. Ierst büsschen, dann dreist. Bannich onners is mi woarn bey. Awer de Doktor secht, dat dor de darm hett sik ierst 'n Schabernack mit mi gemoacht. Tschä, männichmal gaot dat god im Lewen, dat woar noch nich ssu schpät. Ik hew nich weet, wohin det sonst föhrt. Gottseydank. Dat is god abgaongn. Gottseydank ok.

Immer wieder besuchte ihn der Förster. Hohlwangig mit vorstehenden Augen. In seinen schäbigen Kleidern irrte er tagelang zwischen Deck und Krankenstation herum. Wenn der Förster auf Station wachte, fuhr er ihm manchmal wie einem Sohn durchs Haar. Er ging und kam wieder. Stellte Fusel unters Bett. Brachte Obst. Kam und ging. Fast jeden Tag. Bis es besser wurde. Dann sahen sie sich immer seltener. Schließlich – nicht mehr. Auch später nicht. Kein einziges Mal.

> Ruletka an Welikan.
> Ruletka an Welikan.
> qdf qdf?
> Stufe: – FLUGZEUG
> Durchführungsbestimmung für spezifisch
> ausgeweiteten Operationsplan eingehalten.
> F 22 Suchkartei für Erfassung angelegt.
> Bitte Informationsfluss von allen 330
> an alle 400 bzw. 410 gewähren.
> Verdachtsprüfungshandlung unserer 330
> an die Objekte ›Hannoversche‹ und ›Unter den Linden‹
> weitermelden?
> bt qll qll!
> bitte quittieren!
> qll 17/09/01.30 Uhr …

Er war müde. Noch immer ließ man ihn warten. Als er auf die Taschenuhr blickte, war es bereits weit nach Mitternacht. In sechs Stunden wäre er zu Hause gewesen, dachte er. Blöder Pass, blödes Visum.

Unbekannt ist der Aufenthaltsort von Friedrich D. … Bischofswerder … Güstrow/Malchin. Letzter bestätigter Aufenthalt in der Ostzone: Frühjahr 1953. Mutmaßlich … Vereinigte Staaten von Amerika oder Fernost … laut Aussagen von Lisa B. … Gemeinsame Tochter Maria B. sucht ebenfalls …

Informationen über …

Kämpfe um Lebus vom 5. zum 6. Februar 1945 …

Wahrscheinlich Indonesien … Ältere Haushälterin soll durch Bekannte …

Vermisst werden …

Es wird angenommen, dass …

Letzter Aufenthaltsort ist …

Sein Kopf schmerzte entsetzlich. Die Stimme des Sprechers – dieser elende Druck unter der Schädeldecke. Ihm war übel, der Kopf kreiste. Die Bilder des Zimmers verschwanden für einen Moment vor seinen Augen. Regenbogenfarben – gelbviolett. Dann war es vorbei. Wie immer, dachte er, es geht vorüber.

Daheim hatten ihm die Ärzte von der Reise abgeraten. Zu lang und viel zu beschwerlich. Jede Art von Aufregung war ihm verboten. Voruntersuchungen, Analysen, Befunde. In einer Woche sollte er in die Klinik. Der Professor hatte ihm keinen Aufschub gegönnt. Termin und Station für die Operation standen fest. Plötzlich hatten alle es eilig gemacht.

Jetzt war er nach Hause gefahren. Nun erst recht. Sollten die Ärzte sehen, wen sie unters Skalpell bekämen. Sollten doch sehen, die Weißkittel. Ihn jedenfalls nicht, dachte er.

In sechs Stunden wäre er zu Hause gewesen, wäre die Sache mit dem Visum nicht dazwischen gekommen. Zu Hause bei Mutter, bei Lisa und Maria, seiner Maria.

Fünfzehn Stunden hatte der Flug gedauert. Vier war er dann mit dem Zug unterwegs. Zehn Stunden hätten es sein sollen. Die letzten zwei wäre er dann mit der Feldbahn gefahren.

Hunger hatte er keinen. Er war nur müde, unsäglich müde und etwas durstig. Eine Tasse Tee oder einen Cognac, das wäre gut – schon wegen der Tabletten, dachte er…

… dascha nu gaa nicht bannich viel verlaongt, dascha nu nich. Awer ik mücht schon bloss witten, wat dat sall mit dat Tüch, all de Stund, de halwe Nacht. Dat mücht wohl niks recht angoan nich, mit de Visum un dat elende Tüch. Moign mücht dat awer goan, dammich mal! Ik brukt een Visum, sons niks. Un betahlen, dat kann ik ok. Nur bannich long lewen, dat kann ik nich. Kann ik sche ok nich mehr … Tschä, Dy elende Döskopp, dey.

Er dachte an Förster und Lehrer – und wie er damals Meldung gemacht hatte. Pflicht und Ordnung. Zu keinem ein Wort. Auf Verrat stand der Tod … Er schämte sich.

Der Kopf schmerzte wieder.

Welikan an Ruletka!
Welikan an Ruletka!
qdf qdf?
Stufe: – BLITZ –
Alles abbrechen.
Objekte zum Operationsgebiet
›Hannoversche‹ und ›Unter den Linden‹ durch Fremdkunder
im Interzonenzug D
1072 ausgelöst.

Auswertung ihrer Informationsorgane über die Erfassung des Objekts
sofort an unsere 330.
Wiederhole: Sofort!
Informationsbedarf restlos abdecken!
Vorgehen nach Maßnahmeplan K.
Vollzugsmeldung spätestens:
17/09/07.15 Uhr mit einfahrendem D 1074.
bt qll qll!
bitte quittieren!
qll 17/09/04.30 Uhr ....

Langsam rollte der Interzonenzug heran.

Der weiße Lichtkegel eines Scheinwerfers ruhte auf dem vorderen Waggon des Zuges. Er begleitete ihn ein Stück bis er auf freier Stecke hielt. Das Signal stand auf Rot.

Maschendrahtzäune mit kleinen Isolatoren säumten den Weg am Hang der Gleise. Unterhalb standen andere Zäune, drei bis vier Meter hoch, auf deren weit ausladenden T-Trägerstümpfen rostige Stacheldrahtwickel ausgerollt waren. Davor lagen Gräben mit Erdlöchern für Hunde. Betonierte Kolonnenwege.

Metallgitterzäune, Minenfelder und Hundelaufgräben waren passiert, als der Zug hielt.

Irgendwo im Hinterland, auf irgendeiner verlassenen Bahnstation, warteten blauuniformierte Bahnpolizisten auf den einfahrenden Gegenzug.

Auf einem der vorderen Postentürme blinkte eine gelbe Signallampe auf und ab, ab und auf.

Zwei Kübelwagen fuhren vor. Grenzpolizisten und Zöllner stiegen in den Zug. Rechts und links patrouillierten Soldaten mit ihren Hunden. Eisenhämmer wurden gegen die Räder des Zuges geschlagen. Zwei Polizisten in Zivil brachten einen hageren

Mann aus einem etwas abseits der Gleise stehenden Gebäude. Ende fünfzig, sanfte Gesichtszüge, hohe Stirn, Hornbrille, blasse Lippen. Die Polizisten geleiteten ihn zu einem der hinteren Wagen. Einen Koffer trugen sie ihm nach.

Es dämmerte bereits. Es war Morgen.

Die Signallampe kreiste nicht mehr. Kurzes Pfeifen. Die Strecke war frei. Langsam rollte der Zug an.

Der andere der beiden Wege führte parallel zu der sandigen Backsteinstraße, dreihundert Meter vom Wald und von den Häusern der Großbauern entfernt, um den Klostersee herum. Links und rechts vom See stehen vielleicht heute noch die alten Eichen. Oberhalb des Moores werden vereinzelt Tagfalter zwischen Schwarzdorn und Disteln flattern, inmitten von Hexenheide und Schachtelhalm – ihrem gestundeten Ende entgegen driftend.

In dem schmalen Tümpel zwischen Straße und Moor wird leises Unken zu vernehmen sein. Später womöglich ein Krähenschrei.

Drüben am anderen Ufer, wo die Schwalbennester an den Felshängen gehangen haben, schwanken vielleicht noch immer die Uferweiden im Wind einsam auf und nieder; im See flimmerten dann ihre Schatten im Spiel seines Atems.

Schwärme von kleinen Libellen, blauviolett oder ockerfarben, werden wie eh und je um diese Jahreszeit, vom Schutz des gelben Schilfes aus, ihren Tanz um die nahen Seerosen beginnen, während irgendwann, gegen Mittag vielleicht, die Feldbahn diesseits des Dorfes und der Backsteinstraße entlang rollen wird. Leise, kaum hörbar. Vorbei am Hugenottenfriedhof und vorbei an der Dorfschule, von deren Fenster aus die Strecke gut einzusehen ist. Und wenn auch die alte Bahnstation noch stünde, mitsamt dem unwirtlichen Häuschen des Vorstehers, Lisas Vater, der damals über Nacht verschwunden war, wo die Fenster im Haus zerschlagen und die Türen eingetreten waren, irgendwann, wo Sturm und Regen den Zerfall beschleunigt hatten, im Haus des Vorstehers Blumenthal, Großvaters Schachfreund aus frühen Tagen, Rabbi Blumenthal, weit draußen, hinter den Siedlungen der Fremdarbeiter, wo der Modergeruch noch nach Jahren an dem Haus haftete wie Salpeter und Schwamm im Keller, … der Keller, der in Wirklichkeit einmal ein Versteck gewesen war, immer wieder, nicht lange, einige Wochen, einige Tage nur, bis in den Frühsommer '53 hinein, das Versteck zweier Liebender, die beieinander gelegen waren, heimlich, … irgendwann einmal, dann hielte dort an der alten Bahnstation nahe beim See und beim Schloss womöglich noch heute der Zug, wie eh und je, nicht ganz pünktlich, wie immer, die Feldbahn.

Ich wäre zu Haus.

Bei Mutter, bei Lisa.

Bei Maria.

7

Archivvermerk III

Zu Robert K. wurde ein psychologisches Charakterprofil angefordert, um innerhalb des OV Kohle Zersetzungsmaßnahmen schöpferisch und differenziert auf die Zielperson zu entwickeln. Nach Sichtung der Personalakte konnte herausgearbeitet werden, dass der »R.« aus zerrütteten Familienverhältnissen stammt und vaterlos aufwuchs. Inoffiziell wurde über den IM Karin bekannt, dass die bearbeitete Person während seiner Schulzeit darunter litt. Dies wurde durch den IM Rose bestätigt.

Zum Vater des Robert K., Ludwig K, gibt es zwei archivierte Untersuchungsvorgänge der Bezirksverwaltung Leipzig aus dem Jahr 1958 und der Kreisdienststelle Potsdam von 1969. Die Schlussberichte dieser Vorgänge wurden zur operativen Nutzung der OPK Robert beigefügt. Kontakte oder Verbindungen zwischen beiden Personen bestehen nicht.

– *Jahre sind vergangen, vielleicht, mag sein …*
– *Opa Ludwig … . Auch ihn hab' ich nicht gekannt.*
– *Leipzig. Physik und Mathematik – das Studium – dann die Scheidung …*
– *Er war Student … nicht älter als ich … Großmama hat Bilder gezeigt. Fotos aus Leubnitz und aus Berlin. Ein hübscher Mann … ein bisschen wie Du – Ihr seht Euch ähnlich, Papa, und Du weißt es … alle sagen es.*
– *Unter Tage im Bergbau …*
– *Zwickau, dann Schlema – die Zeche …*
– *Steinkohle und Uran – die Pechblende …*
– *Keine Ahnung, wovon Du sprichst … ?*

Ludwig K.

In Zwickau/Sachsen, am Rande von Erzgebirge und Vogtland, hatte es am Morgen des 22. Februar 1960 unter Tage eine Havarie gegeben, bei der 123 gestandene Bergleute ihr Leben ließen. Ludwig K., Sohn eines vormals sozialdemokratischen Seilermeisters aus Leubnitz, war an diesem Tag mit der 1. Abteilung in den Schacht III des Steinkohlewerkes »Karl Marx« eingefahren. Als einer von über 300 verurteilten Sträflingen, die, in Kommandos zu zehn Personen, Teile ihrer Haftstrafe zur Wiedergutmachung in der Produktion ableisten mussten, überlebte der sechsundzwanzigjährige Familienvater die Methan-Kohlenstaub-Explosion unversehrt.

Anfang der fünfziger Jahre hatte Ludwig K. in der nahen Kreisstadt Werdau sein Abitur abgelegt und sich mit dem Gedanken getragen, in Leipzig Journalistik zu studieren. In dieser Zeit schrieb er für Zeitungen und recherchierte gelegentlich. Während seiner Zeit an der Oberschule hatte der lebenslustige junge Mann aus dem RIAS und über Gerüchte, die damals allüberall in der Gegend kursierten, von einem Dutzend Schüler seiner Heimatstadt gehört, die wegen Boykotthetze und Terror zu insgesamt 130 Jahren Zuchthaus verurteilt worden waren. Als zukünftiger Journalist, als neugieriger Mensch und als gewissenhafter Protestant ging er der Sache soweit nach, wie er sie, ohne mit dem Gesetz in Konflikt zu kommen, in öffentlichen Archiven verfolgen konnte.

In West-Berlin wurde ihm, während eines illegalen Abstechers mit dem Motorrad, auf sein Bitten und Drängen hin von einer freundlichen Bibliothekarin ein Sonderheft des STERN anvertraut, der seinerzeit über den Fall berichtet hatte. Ludwig K. erfuhr so Namen und Delikt der Verurteilten.

Seinen Entschluss, in Leipzig doch lieber nun Physik zu studieren und dem Journalismus den Rücken zu kehren, sah er damals nicht mittelbar verknüpft mit dem Ergebnis seiner Recherche. Mathematik und Physik waren definierbar, da brauchte nicht interpretiert zu werden.

Bereits im dritten Studienjahr heiratete er eine Kommilitonin desselben Studienjahres aus Eberswalde. Verheiratet erhielten sie ein amtliches Schreiben ausgestellt, das sie als wohnberechtigt für den Leipziger Süden auswies.

Erst als bei einer Hausdurchsuchung im Wintersemester 1957/58 der STERN neben Büchern von Benn, Pasternak und Celan gefunden und die Hetzschriften mit den am Physikalischen-Institut aufgetauchten Flugblättern verglichen worden waren, ahnte er, dass damals sein Suchen in West-Berlin seinen Lebensweg in einer Weise verändert haben musste, die für ihn äußerst gefährlich war.

Stumm und willenlos hatte der Vierundzwanzigjährige sich in seiner Wohnung in der Karl-Liebknecht-Straße von zwei Herren in Zivil in die Mitte nehmen und in das »U-Boot« der Untersuchungshaftanstalt Mädlervilla fahren lassen. Von dieser Stunde an war in seinem Gesicht etwas gefroren, das auch in den kommenden Jahren und Jahrzehnten nicht mehr aufzutauen schien.

Dem Urteil sahen Ludwig K. und seine hochschwangere Frau ängstlich und doch wieder gelassen entgegen. Der Richter, der die sich ausschließlich auf Indizien gründende Anklage vor dem Sondergericht Leipzig mit geübt weihevoller Intonation verlesen hatte, machte bereits zu Beginn der Verhandlung deutlich, mit welcher Art von Volksschädling man es bei diesem Angeklagten zu tun habe.

Auf Grund seiner technischen Kenntnisse wurde Ludwig K. nach einem Jahr und drei Monaten für den Rest seiner viereinhalbjährigen Haftstrafe nach Zwickau abkommandiert. Zur Wiedergutmachung im Steinkohlebergbau. Auf Transport ließ er sich auf Gespräche mit anderen Strafgefangenen kaum ein; der Verrat eines Zellenkameraden in der Vollzugsanstalt Cottbus hatte ihn gewarnt.

Im Zwickauer Karl-Marx-Werk, dem ehemaligen Brückenbergschacht, arbeitete er in einer Tiefe von 821 Metern zehn Stunden täglich. Hungrig, verdreckt und in abgerissenen Kleidern, die sich durch gelbe Streifen an Armen und Beinen deutlich vom Graublau der Kumpel abhoben, versuchten er und die anderen Sträflinge, die jeweilige Tagesnorm zu überbieten, um Sonderzuteilungen zu ergattern: Tabak- oder Lebensmitteltalons. »Ich bin Bergmann, wer ist mehr?«

Als am 22. Februar 1960 kurz nach acht Uhr ein beißender Geruch von verbranntem Gummi, Holz und Schwefel in einer blauweißen Kohlenstaubwolke mit dumpfem Grollen und Donnern die Sohle erreichte, brach nicht nur unter den Häftlingen Panik aus. Drückende Dunkelheit, blauweißer Qualm und eine Umgebungstemperatur von mehr als 50 Grad Celsius – bei 100 Prozent Luftfeuchtigkeit – erschwerten den 460 Grubenwehrmännern den Zugang zu den Eingeschlossenen. Mehrere Feuerwände schnitten die Kumpel voneinander ab. Das Löschwasser verdampfte im Raum. Gegen elf war der erste der beiden Förderkörbe über Tage gehievt. Am Abend dieses Tages galten noch 106 Bergmänner als vermisst. Von Sohle Achthundertsiebzehn, Achthundertneunzehn und auch von der Achthunderteinundzwanzig war bislang kein einziger gerettet worden.

Verbissen und stumm hatte sich Ludwig K. mit einem anderen Gefangenen über mehr als einundzwanzig Stunden entgegen den Wetterschächten und den brennenden, auf zwei Kilometer

Länge verzweigten Stollen mit Hilfe ihrer kleinen Atemgeräte, der Selbstretter, durchgekämpft, bis sie von einem Trupp der Grubenwehr in der Nähe eines Blindschachtes aufgegriffen und – wie neunundvierzig weitere Kumpel – nach und nach sicher nach oben gebracht worden waren.

Dies geschah am frühen Abend des 23. Februar, fast vier Tage, bevor Rettungsmannschaften und Brandspäher beschlossen, den Eingang zum Schacht wegen schlagender Wetter und unkontrolliertem Feuer luftdicht zu vermauern. Neue Brände waren entfacht, Explosionen standen zu befürchten. Zu diesem Zeitpunkt waren noch vierundsiebzig Kumpel der Kokerei als verschüttet gemeldet. Sechsundsechzig von ihnen barg man nach Monaten. Acht fand man nie. Kein Zeuge der eigentlichen Explosion hatte über die wirkliche Ursache der Katastrophe, die »fahrlässigen Sprengarbeiten« vor Ort, berichten können. Keiner von ihnen kam lebend heraus.

Im Spätsommer '61 wurde Ludwig K. unter Auflagen der Abteilung Inneres vorzeitig aus der Haft entlassen. Da seine Frau, dem Drängen der Behörden nachgebend, sich bereits vor Jahren von ihm hatte scheiden lassen und da ihm vom städtischen Jugendamt, auf Grund seines schlechten Leumundes und seiner »feindlich-negativen Haltung«, jedweder Kontakt zu seinem Sohn Robert untersagt worden war, zog Ludwig K. an den Rand von Berlin und arbeitete, ohne jedwede berufliche Qualifikation, als Heizer in einem städtischen Hallenbad. Kohle ist Kohle und Asche bleibt Asche – da musste nicht nachgedacht werden.

Von dem Kadervermerk der Personalakte: Gesperrt für alle Fach- und Hochschulen der Republik auf Lebenszeit, wusste Ludwig K. nichts. Nach acht Versuchen, abermals zum Studium zugelassen zu werden, unternahm er Ende Oktober 1968 den Versuch, das Land über die Tschechoslowakei illegal zu verlassen, um anderen Ortes studieren zu können. Bereits in der Phase der Fluchtvorbereitung war diese durch einen Mitwisser aus alten Hafttagen angezeigt und die Einzelheiten der Flucht an die Staatssicherheit verraten worden. Ludwig K. war 35 Jahre alt, als er 1969 wegen geplanter Republikflucht im schweren Fall zu siebenundzwanzig Monaten Gefängnis verurteilt wurde.

Nachdem er zunächst fünfzehn Monate im Gläsernen Sarg in Brandenburg verbracht hatte, kam er auf Grund seiner bergmännischen Erfahrung schließlich mit Stadtarrest und Arbeitsplatzbindung auf Bewährung frei. Abermals wurde er in die Nähe von Zwickau verlegt und belud dort fortan Güterwaggons mit bleiummantelten Kisten im Uranbergbau. Die Zeche XX, abseits der Stadt Schlema, zwischen Gummibahnhof und Ortseingang Aue gelegen, in der er und zwanzig andere über Tage arbeiteten, war die letzte Station des aufbereiteten Metalls, bevor dieses die Reise ins ferne Sibirien antrat. Zeche und Waggons waren von russischen Rekruten stets streng bewacht. Mauern, Türme, Elektrozäune und Stacheldraht begrenzten das Areal.

Die körperlich schwere Arbeit war zu ertragen. Es gab nicht wenige Vergünstigungen in der Zeche: Die tägliche Arbeitszeit war für Freigänger und Arbeiter von zehn beziehungsweise von achtdreiviertel auf sechs Stunden reduziert; für ausreichend Essen und Trinken war gesorgt; Milch gab es unbegrenzt und kostenfrei. Selbst an die Freigänger wurden Schokoladentalon- und Schnapsmarken ausgegeben: Blockschokolade und Altenburger Trinkbranntwein – der »Kumpeltod«.

Die Hoffnung, irgendwann – und sei es in weiter Ferne – seinen Sohn zu sehen, mit ihm sprechen, reden und erzählen zu dürfen, hält Ludwig K. Wochen und Monate über Wasser.

Zwei Jahre nach der eigentlichen Haftentlassung aus Brandenburg erkrankt Ludwig K. plötzlich. Aus unerklärbaren Gründen ergraut und verfällt er körperlich zusehends. Innerhalb von weniger als einem Jahr entwickelt er sich zum Greis. Ein Buchhalter und ein ehemaliger Krankenpfleger, zwei Freunde aus Hafttagen, stehen ihm bei.

Akute myeloische Leukämie lautet die Diagnose. Vergeblich ringen die Ärzte im Heinrich-Braun-Krankenhaus in Zwickau Marienthal um sein Leben. Zwölf Wochen dauert der Kampf. Am 23. Februar 1974 stirbt Ludwig K. im Alter von 40 Jahren und neun Monaten in Zwickau. Seinen einzigen Sohn, Robert, sieht er nie.

Das fünfzigste Lebensjahr hat kein Kumpel der Zeche XX erreicht.

8

Vorschlag zur Anwerbung

Zur Optimierung der Aufklärung des im Operativen Vorganges Kohle bearbeiteten Personenkreises sowie zur besseren Verunsicherung, Zersetzung und Disziplinierung aller Vorgangspersonen ist es zweckmäßig, die Gruppierung zu infiltrieren oder aus dem Kreis heraus einen Inoffiziellen Mitarbeiter (IM) zu werben. Auf der Basis des Operativen Ausgangsmaterials wird vorgeschlagen, Johanna S., wohnhaft in Leipzig, Kohlenstraße xxx, zur inoffiziellen Zusammenarbeit zu gewinnen. Bei Ablehnung der Zusammenarbeit ist die S. im gesamten Personenkreis des OV Kohle als inoffizielle Mitarbeiterin der Staatssicherheit zu kompromittieren und dadurch wirksam zu isolieren.

Ziel der Werbung ist es, ein umfassendes Persönlichkeitsbild aller Teilvorgänge im OV Kohle zu erarbeiten, um differenzierte Ansatzpunkte zur zielgerichteten Einflussnahme auf die Gruppenmitglieder zu konzipieren und öffentlichkeitswirksame feindlich-negative Handlungen vorbeugend zu verhindern.

Johanna II

(aussortiert – vorvernichtet nach Befehl: 0008/26/89)

Johanna III

Am Bahndamm sitzen ist schön. Im Frühjahr und Sommer ist es schattig und warm. Im Winter diesig und kühl. Und immer ist es ruhig. Früher saß ich oft hier. In den Freistunden oder nach der Schule. Hab' den Zügen nachgesehen. Irgendwie – in die Ferne. Weit weg. Wie sie an mir vorbeirauschten. Ganz dicht. Der Luftsog riss mich fast um, so jagten sie an mir vorüber. Schwuppdiwupp. Keine fünf Meter weg. Oben, auf den Gleisen. Direkt über mir.

Das sind die Züge zur Ostsee. An der Ostsee sitzen, ist auch schön. Ich war schon einmal dort. Im Sommer in den Ferien. Dort rauscht das Meer. Boltenhagen, Zierow und Poel. Die Muscheln, der Sand, das Strandcafé. Aber da komme ich nicht mehr hin, weil ich nicht Karin bin. Johannes hat es verboten. Ich bin zu blöd, hat er gesagt. Zu blöd, einen Eimer Wasser umzuschütten. Ich darf nicht mehr verreisen. Nicht mit ihm und nicht mit Mama. Nie mehr. Mit keinem. Er hat es verboten. Ich bin undankbar, hat er gesagt. Und das alles nur, weil ich nicht mehr will. Weil ich nicht mehr mitmache. Weil ich nicht kann. Und er weiß sowieso, was gut für mich ist, hat er gesagt. Und er muss mich wieder erziehen. Richtig erziehen.

Dabei kann er mir gar nichts sagen. Mama ist der Bestimmer in unserer Familie. Wir Frauen halten zusammen. Sie hat ihm nichts erzählt im vorigen Jahr. Sie hat ihm nicht gesagt, dass ich wiederholen musste. Und die in der Schule haben 's auch nicht gepetzt. Die haben dicht gehalten. Und jetzt bin ich fertig. Mit

Schule und allem. Ich hab's allein geschafft. Hab' mich angestrengt. Ganz allein. Mit dreikommafünf. Ganz toll, hat meine Lehrerin gesagt, ganz toll verbessert. Und gestrahlt hat sie, übers ganze Gesicht, und hat mir ihren HEIKO geschenkt, ihren Lieblingsfüller. Und Mama hat sich für mich gefreut. Sie hat gelacht und geweint und hat mir Geschenke gemacht. Ganz viele. Ich bin nämlich nicht begriffsstutzig oder verhaltensgestört. Das hat sich Johannes nur ausgedacht, um mich und Mama zu ärgern. Sitzenbleiben kann jeder mal. Mama ist schließlich auch hängen geblieben. Früher in ihrer Schule, in ihrem Dorf. Sie hat 's mir erzählt. Mama ist auf meiner Seite. Fast immer. Nur manchmal macht sie, was er sagt.

Mama arbeitet im Hotel. In Schicht, das ist anstrengend. Rollende Woche, auch Samstag und Sonntag. Mama ist oft fix und fertig. Völlig fix und fertig. Sie weint dann schon am Morgen, wenn sie zur Arbeit muss. Und Abends weint sie, weil sie außer Haus muss. Wegen ihm. Er hat es befohlen. Er hat sie in der Hand. Was weiß ich, warum. Keine Ahnung. Ich hasse ihn, weil Mama weint. Oft muss sie sogar nachts weg. Dann schminkt sie sich und riecht nach Parfüm und Creme. Dabei ist er gar nicht da, und sie trifft ihn auch nicht.

Johannes kommt nämlich nur manchmal. Er arbeitet woanders. Woanders ist weit weg. Deshalb kommt er nur dreimal die Woche zu uns: Montag, Mittwoch und Samstag. Meistens – zumindest. Er schafft es nicht öfters, sagt er. Immer wenn er kommt, gibt es was Feines zu essen. Mama bäckt dann oder es gibt Steak. Johannes mag Steak, oder Schnitzel. Immer kriegt er das Größte, und wir beide, Mama und ich, teilen uns eins. Wie Schwestern. Wenn er kommt, ist Mama ganz verändert. Und sie spricht auch ganz anders. Ganz komisch. Ganz fremd.

Früher war Mama glücklich. Unter der Woche und auch, wenn er kam. Da hat sie gestrahlt, wenn es Montag wurde. Seit ich nicht mehr mitmache, zanken sie sich aber. Meinetwegen, glaube ich. Dann hat sie schon am Morgen verweinte Augen, wenn sie aus dem Schlafzimmer kommt. Aber Mama hält zu mir. Sie will nicht, dass ich werde wie sie ..., hat sie ihm gesagt. Ich hab' es gehört. Hinter der Tür. Sie hat geschrien – und er hat geschlagen. Das ist verboten. Ich weiß das. Das kann man anzeigen.

Früher war Johannes in Ordnung. Er hat mir Postkarten geschickt – von überallher. Und er hat Geschenke mitgebracht. Meine erste RENFT hab' ich auch von ihm. Bevor sie verboten wurden. Irre Musik. Der APFELTRAUM und das mit der ROSE. Und an Klamotten kam Johannes auch gut ran. Da war er richtig nett. Ich konnt' ihm sagen, was ich brauch', und er hat's aufgetrieben. Immer das Beste, hat er gesagt. Für die Besten nur das Beste – und dann hat er gelacht. Der kann alles besorgen. Kommt viel herum. Alles Dienstreise. Aber als ich aufgehört habe zu berichten, wurde er sauer. Wegen meiner Dummheit, hat er gesagt, und weil ich nicht kooperiere. Richtig sauer. Das konnt' ich spüren. Richtig spüren.

Ich kann aber nicht mehr. Ich kann nicht mehr rumhorchen – wie er sagt. Das geht so nicht. Geht einfach nicht mehr.

Kam mir schon ganz schäbig vor. Am Tage die stille Schülerin, nachmittags – die brave Konfirmandin und abends die eifrige Petze. Immer unauffällig und bescheiden.

Dabei sind die in der Kohle ganz nett. Selbst als ich Maria gefragt hab', ob ich 'mal bei ihr wohnen kann, für 'ne Zeit, in ihrer Wohnung, wegen der Kleinen, in den Ferien oder überhaupt, haben mir die Jungs geholfen. Robert und Heinrich suchten ein Zimmer bei sich. Unterm Dach, in der Kohle. Die wohnen doch alle bei uns in der Kohle. Die meisten zumindest. Die Häuser stehn leer. Abriss. Die ganze Straße hinunter. Und da hat jeder geholfen. Beim Malern, beim Elektrischen, bei den Möbeln und überhaupt.

Aber irgendwann hab' ich begonnen, mich wie Karin zu fühlen. Immer mehr wie Karin. Alles war plötzlich möglich. Alles ging. Im Arbeitskreis, bei Maria, mit Robert und den andern. Und auch bei uns zu Haus. Und Johannes war nett und freundlich, wie sonst nie. Erst nach und nach hab' ich gemerkt, dass da nichts sicher ist. Da stimmt nichts. Irgendwann hab' ich mich in mein Zimmer gesperrt und hab' mit keinem mehr gequatscht. Wochenlang mit keinem. Ich hab' nur noch geheult. Und dann hat mich Mama wieder nach Hause geholt. Zwei Blöcke weiter. Sie war schon in Sorge, hat sie gesagt. Nach Hause; in meine alte Bude. Einfach so. Und Johannes hat getobt und gebrüllt. Tag und Nacht. Und er hat wieder geschlagen.

Und seitdem waren diese Leute da, fremde Leute. In der Kohlenstraße, im Arbeitskreis und überhaupt. Studenten – oder was weiß ich. Ganz jung, ganz schick und ganz schlau. Die tauchten plötzlich auf und waren da. Ich hab' sie gesehn. Im Auto. Abends vor unserer Wohnung und frühmorgens an der Kaufhalle. Bei Maria und bei Robert. Immer und immer wieder. Ich spinne nicht. Die sind da. Die fragen nach mir. Bei Kirchens, im Haus und in der Lehre. Und die reisen mir nach.

Die wissen Bescheid. Aber ich kann doch nicht mehr. Geht einfach nicht. Ich schlafe kaum noch. Und unter der Nummer, die mir Johannes gegeben hat, für den Notfall, wenn es ernst ist, erreiche ich auch keinen mehr. Ist einfach niemand da.

Bei Robert hab' ich neulich mit Karin unterschrieben, statt mit Johanna. Mit Karin – statt mit Johanna. Ich dachte, ich sterbe. Unterschriften für 'ne Petition, für Heinrich, dass er rauskommt. 's hat keiner gemerkt. Zum Glück. Nicht mal Maria. Gott sei Dank.

Es geht aber nicht mehr. Ich will den Leuten wieder in die Augen schauen. Ganz normal leben. Aber ich weiß nicht wie.

Abends schließ ich mich ein, selbst wenn Mama da ist. Ich hab' Angst, dass er kommt. Dass er zuhört. Überall zuhört. Ich sag' schon nichts. Zu keinem ein Wort. Ich hab's doch versprochen. Ich hab 's unterschrieben.

Ich hab' Angst, dass alles rauskommt. Dass in der Kohle keiner mehr mit mir spricht, dass ich die Kleine nicht mehr kriege und dass sie mich wegschicken, Robert und Maria.

Nein, ich bin nicht verstockt. Und blöd bin ich auch nicht. Ich bin nicht Karin. Ich bin Johanna.

Ein für allemal – J o h a n n a.

9

Tonbandbericht des IM Rose
entgegengenommen von Hauptmann S. am 30.05.1986.

Am Donnerstag, den 26.05.1986, begab ich mich auftragsgemäß in die Wohnung des Robert K. Wie jeden Donnerstag kamen wieder zwischen 25 bis 30 Leute zum Literaturkreis zusammen. Kurz nach 19.00 Uhr begann der mir unbekannte Autor zu lesen. Gedichte über seine Zeit als Heizer und Hilfspfleger. In der anschließenden Diskussion fiel mir die im Kreis älteste Teilnehmerin Christa T. besonders auf. Christa T. ist etwa 38 Jahre und unverheiratet. Sie arbeitet als Krankenschwester im Waldklinikum und gehört zu den regelmäßigen Besuchern in der Kohlenstraße. Bereits vor mehreren Jahren wurde sie durch die Schülerin Johanna S. in den Kreis eingeführt. Die Mutter der S. ist zeitweise im Waldklinikum in stationärer Behandlung. An diesem Abend bezog sich die T. auf einen Text des Autors und berichtete über Mängelzustände bei der medizinischen Versorgung der Bevölkerung sowie über die bevorzugte Behandlung privilegierter Parteifunktionäre. Es entstand eine lebhafte Debatte, an der sich fast alle beteiligten. Im Anschluss musste ich während einer Unterhaltung mit Christa T. feststellen, dass sie religiös gebunden ist und gegenüber unserem Staat eine negative Einstellung hat, die mutmaßlich aus ihrem Elternhaus rührt.

– *Die Erinnerung an die Kohlenstraße ist verblasst wie die Farbe ihrer Reklameschilder über Toreinfahrten und Türen. Ich weiß: Tobermann & Söhne gibt es nicht mehr. Ebenso wenig wie Mettischs Eismaschinenfabrik oder Töblings Polsterwerkstatt. Und die Bewohner im Viertel, was ist mit ihnen? Wer nimmt vor Deinem inneren Auge noch Gestalt an, Papa? Wen siehst Du noch vorm Bayrischen Bahnhof? Kannst Du Christa greifen? Stand sie Dir nahe oder blieb sie fremd wie andere auch?*

– *Johanna führte Christa ein. Abend für Abend zu Eurer Lesung … Und die andere: Marlene, sie war Johannas Mutter. Christa kannte sie aus der Klinik …*

– *Nach der Beschreibung war Christa eine gütige Frau. Sie blieb nicht lange … drei Jahre vielleicht … und doch … ist sie es gewesen …*

– *Von ihr habt Ihr alles erfahren …*

– *über Johanna … und über Marlene …*

»Freesien«

Auf der Station war es ruhig geblieben; bis fünf Uhr, der übliche Betrieb. Keine Notfälle, keine Abgänge. Nebenan, auf der N-2, der Neurologischen, waren sie überhaupt nicht zur Ruhe gekommen. Seit Mitternacht nervte die Klingel. Die Aufzüge waren zigmal bis zum sechsten Stock hinaufgefahren, wahrscheinlich Akute, dachte sie.

Es interessierte sie nicht wirklich, was nebenan passierte; auch nicht, wer dort den Nachtdienst schob.

Ein dichter, feuchter Nebel lag an diesem Morgen über der Klinik. Irgendwann am Abend oder in der Nacht hatte es zu schneien begonnen, jetzt war davon nichts mehr zu sehen.

Sie bereitete die Übergabe vor, stellte die Medikamente für den Frühdienst, ging zum Waschbecken und polierte den alten Spiegel. Ein achteckiger Spiegel, gefasst in schwarzem Holz; an der Außenkante ein dezenter, fingerbreiter Facettenschliff, hier und da erste Blindflecken. Weihnachten vor zwei Jahren, dachte sie, am Heiligen Abend, war eine der acht Ecken ausgebrochen. Links oben. Ein Sektkorken. Ein schöner Abend, sie und der Oberarzt. Sonst niemand. Fröhlich und ausgelassen waren sie damals gewesen. Sie beide ganz allein. Ihr heimlicher Prinz. In der Nacht hatte er ihre Nähe gesucht und sie hatte es zugelassen. In seinen Armen hatte er ihr Dinge versprochen, die sie hören wollte … Ein Mann ist ein Mann und ein Wort ist ein Wort. Neujahr war alles vorbei. Er der Arzt, promoviert, sie die Schwester mit Examen. Das ging nicht gut. Auf Dauer jedenfalls nicht. Sie wusste es und dennoch hatte sie seinen Worten Glauben geschenkt.

Früher hatte sie auch studieren wollen: Ärztin, mindestens aber Dozentin. Sprachen oder Medizin.

Keine Delegierung. Nicht zur Oberschule und nicht zum Studium. Pfarrerstochter – kein Arbeiterkind. Eine klare Sache.

Sie rieb den Spiegel. Als sie mit dem Polieren fertig war, kämmte sie sich die Haare und putzte die Zähne. Es blieben noch immer fünfzehn Minuten ihrer Dienstzeit, die möglichst rasch vergehen sollten. Sie war müde. Zehneinhalb Stunden – und das allein, dachte sie, das hätte die Neue nicht geschafft.

Die neue Kollegin war wieder nicht gekommen. Wozu auch?, sagte sie halblaut mit einem für sie fremden Unterton in den Spiegel, das packen wir auch allein. Das wär' ja gelacht. Für Sekunden lag ein hämischer Zug um ihren Mund. Nur kurz, dann war alles vorbei. Sie hatte sich wieder im Griff. Alles war unter Kontrolle.

Sie stand noch immer vor dem Spiegel. Ihr Anblick schien ihr wie das Bild einer Fremden. Sie streckte sich die Zunge heraus. Der Glanz ihrer graublauen Augen, der ihr in früheren Jahren zahllose Komplimente eingebracht hatte, war längst verschwunden. Augenringe verdunkelten ihr blasses Gesicht, auf dem sich das satte Rot ihrer Lippen merkwürdig fremd ausnahm. Sie baute ein Lächeln vor dem Spiegel, das zerbrechlich wirkte. Gequält, verstümmelt – wie in einem fremden Körper.

Sie senkte ihren Blick und atmete kräftig durch, dann putzte sie das Waschbecken, ohne noch einmal in den Spiegel zu blicken. Ein, zwei Handgriffe waren noch zu erledigen, dann war sie fertig. Die welken Blumen des Stationszimmers steckte sie in einen der schwarzen Müllsäcke, anschließend überprüfte sie die Fenster, zog die Vorhänge zurück und zündete sich eine Zigarette an. Sorgfältig vermied sie es, ihre Bewegungen im Spiegel zu verfolgen. Immer wieder ertappte sie sich dabei. Sie kannte das Spiel. Na, nun wolln wir es gut sein lassen, sagte sie zu sich. Wir haben ein bisschen geträumt. Ist nicht schlimm. Darf jeder 'mal. Jetzt ist Schluss. Märchenzeit ist vorbei.

Als sie aufgeraucht hatte, waren es noch zehn Minuten bis zum Wechsel. Sie nahm Stethoskop und Blutdruckmessgerät vom Verbandswagen und ging aus dem Raum.

Auf dem Flur warteten bereits einige Patienten der Offenen, die ins Bad oder zur Dusche wollten. Mit gesenktem Blick verharrten sie an der Wand neben der Tür. Viel zu früh, dachte sie. Es interessierte sie aber nicht wirklich, wer wann zur Dusche ging. Wortlos ging sie vorüber. Im Westteil des Blocks blieb sie für einen Moment stehen. Sie fingerte den Schlüsselbund aus dem Kittel und öffnete Gitter und Tür zur Geschlossenen. Hinter sich zog sie den Riegel wieder ins Schloss. Vor den Intensivtherapiezimmern standen noch immer Vasen mit Blumen auf dem Flur. Gerbera, Nelken und Freesien. Gelbe und weiße Freesien. Die milchige Glasscheibe im Türrahmen war auf halber Höhe mit Fingerabdrücken verschmutzt. Mit ihrem Ärmel wischte sie darüber, hauchte die Scheibe an und polierte gründlich nach, bevor sie ins Zimmer trat.

Inoffiziell wurde bekannt, dass sich die Kellnerin Marlene S. aus P. gegenwärtig zu einer erneuten stationären Behandlung im Waldklinikum in L. aufhält. Sie ist dort seit mehreren Wochen auf der psychiatrischen Station eingewiesen. Die Überweisung erfolgte durch den Facharzt Dr. Z. der örtlichen Ambulanz. Die S. erschien den Mitarbeitern am Arbeitsplatz seit Monaten bedrückt, still und zurückhaltend, nachdem sie zuvor über längere Zeit unruhig, hektisch und außergewöhnlich aufgedreht wirkte. Der Grund ihrer Erkrankung ist der Quelle nicht bekannt.

… und die Stadt wird es noch geben und die Straße und das Haus mit dem Erker und der Pappel vor dem Haus. Die Schule, daneben der Park, dann der Bahnhof – der Bahnhof …

Die Verwunderung wird den Geschmack von Tränen und die Verbitterung über die verlorenen Jahre vielleicht vergessen machen, wenn er eines Tages wiederkommt.

Und es wird womöglich warm sein, wenn er kommt, dachte sie. Frühjahr vielleicht, oder Sommer.

Die Magnolienbäume werden verblüht sein im Park, und ich sitze auf einer Bank, ohne Pfützen davor. Kinder vielleicht, mag sein, wie wenn es nicht anders kommen könnte.

Zurück von der Dienstreise. Wie immer. Er kommt zurück.

Sie wusste es nicht sicher. Sie ahnte nur, dass er kommen würde. Irgendwann, mag sein, dass es lang dauert, mag sein, aber er kommt, bestimmt. Vielleicht im August. Wieder August. Irgendwann, wenn alles weggeräumt sein wird, wenn alles geebnet ist, wenn »klare Verhältnisse« sind zwischen ihm und mir und der anderen Frau.

Die Gegend hier kannte sie nicht. Nicht die Stadt mit dem Fluss und dem Uferdamm. Nicht den Nebel am Morgen oder die nächtlichen Schreie der Lokomotiven hinter den Mauern. Nicht das Viertel mit seinen Abrisshäusern, nicht die Klinik mit den ungezählten Zimmern, noch die Bewohner der Anstalt, die so rasch wechselten, dass sie es aufgegeben hatte, sich ihre Namen zu merken. Die Wege um den Pavillon, das Kurhaus und den trocken gelegten Goldfischteich – mochte sein, dass sie dies kannte, von früher vielleicht, aber das wusste sie nicht sicher, sie war wohl schon einmal hier … aber das musste lang her sein. Sie wusste es nicht, sie war sich nicht sicher, wirklich nicht.

Am Ende der Kohlenstraße hatte ihr Haus gestanden. Haus mit Erker und Baum. Ihrem Baum – der Pappel. Die Straße hatte irgendwer umbenannt. Den Grund kannte sie nicht. Nur das Brennschild zwischen Hofeinfahrt, Pappel und Mülltonne war geblieben. Eins, zwei, drei, vier Eckstein, alles muss versteckt sein, wer hinter mir steht, wer vor mir steht, wer rechts und links an beiden Seiten steht, der muss es dreimal sein … . Einbahnstraße … blau das Schild, weiß der Pfeil; Waschkeller, Kopfsteinpflaster, Löwenzahn. Und der Markt mit dem Hotel, rechts die alte Schule, das Postamt. Über den Kopfstein hinunter zum Lichtspieltheater, dem Kino, dann die Kreuzung, vis à vis die Dampfbäckerei. Das war die Straße. Ihre Straße. Die Straße ihrer Kindheit. Das sechste Haus. Einfaches Haus. Vier Stockwerke, gelber Klinker, der Baum davor – ihr Haus. Da durfte sie den Stuhl rücklings zwischen die Beine schieben, als Kind und auch später, beim Kartoffelschälen oder beim Schuhputzen. Acht Paar Schuhe, manchmal zehn. Die Sandalen am Eingang vornan, die festen Stiefel dahinter. Nicht zuviel Schuhwichse – die Uniform, ich weiß.

Früher sang sie beim Putzen. Sie liebte den Rhythmus der Melodien, das auf und ab ihrer Stimme – bis er es verbat.

Kirchenkram, nicht zu laut, die Nachbarn, du weißt!

»… es ist so still geworden, verrauscht des Tages Wehn. Nun hört man aller Orten der Engel Füße gehn. Rings in dem Tale senken sich Finsternis und Nacht: wirf ab, Herz, was dich ängstigt und was dir bange macht.«

Leicht hatte er ihr das Leben nicht gemacht.

Als er noch bei ihr wohnte, Montag, Mittwoch und Samstag, zwölf Abende pro Monat, da hatte ihre Traurigkeit begonnen. In seinen Armen. Erst langsam, dann allmählich, mehr und mehr. Und obwohl er in jenen Nächten bei ihr lag, den heißen und innigen, als seine Hände die Lust aus ihr schöpften und seine Finger sie küssten, war er längst auch schon fortgegangen. Damals, mit seinen frischgeputzten Stiefeln, in seiner Uniform. Weggegangen, von ihr, ihrem Haus, ihrer Straße, dem Viertel. Er hatte das Schweigen ins Haus gebracht. Ganz allmählich. Die richtige Antwort, die falsche Frage. Er hatte sie nicht sitzen sehen in den Nächten: das endlose Warten – all' die durchwachten Stunden hindurch, all' die ungezählten Tränen und die freudlosen Augenblicke, wenn sie gelähmt in sich versank. Er kannte es nicht. Er war nie dabei gesessen. Kein einziges Mal. In den Hotels – die verschwitzten Körper, die klebrigen Gesichter, die gehauchten Lügen. Er kannte sie nicht. Er wusste nichts. Nur für ihn lagen ihre Wurzeln frei. Schutzlos. Sie tat es für ihn. Sie und er – das hielt fürs Leben. Glaubte sie.

Damals.

»Und immer wenn es dunkel ist, warten wir auf Licht, warten in der finstern Nacht, dass der Tag anbricht.«

Über dem Flur ein Hasten und Eilen. Das Rollen von Verband- und Medikamentenwagen. Fahrt – Stop – Weiterfahrt. Schritte über dem Korridor. Klappernde Schlüssel und das Kratzen der Riegel im Türschloss. Die Möglichkeit auf eine Welt außerhalb. Fern von allem Nebel, den Anstalten und Latrinen. Fern von Zügen und Bahndämmen. Fern von ihm.

Die Nacht stand ihr nicht.

Manchmal sahen sie sich zwischen den vereinbarten Tagen. Am Bahnhof bei den Magnolienbäumen in ihrer Straße. Er hatte Blumen dabei, manchmal ein Geschenk.

Zwanzig Minuten Aufenthalt. Dienstag, Donnerstag und Freitag. Frauen mit verlangenden Blicken. Liebespaare, womöglich. Wie, wenn es nicht anders sein müsste. Männer mit strenger Miene. Lehrer und schreiende Kinder. Sie mit Johanna im Arm. Ein überfüllter Bahnsteig. Ein Pfiff. Transportpolizei. Er, mal liebevoll, mal kalt und zurückweisend. Ein Kuss, – ein Klaps für die Tochter. Tränen. Ein Teddy. Er mit vielen anderen an der Waggontür. Kaum zu unterscheiden.

Winken, Weinen; – ich komme wieder, bis Montag – ich weiß.

Und die Briefe, und die Karten mit den fremden Marken. Sein Fernbleiben – ohne Nachricht. Er wird auch dies erzählen müssen, ob es stimme, was sie vor Jahren über ihn gehört hatte: Spezialausbildung, Moskau und Temeschvar. Streng vertraulich. Nichts für sie oder Johanna.

Heute wurde die Stille nur von der Schwester gestört. Jede Nacht kam sie. Und jedes Mal wenn sie kam, fürchtete sie, dass er mit eintrat. Hier, wo der Verfall wie durch Ansteckung auch in die letzten Winkel des Raumes kroch und jeden befiel wie die mattgrüne Zimmerpflanze, die zwischen Glasscheibe und Fenstergitter haltlos empor rankte, die langsam abstarb und ihre Kraft allein aus dem trocknen Kalk der ausgewaschenen Wetterschenkel sog, hier war sie untergekrochen. Fürs erste. Nacht für Nacht hoffte sie aufs Neue. Von Schmerzen gepeinigt. Kopflos – verwelkt – abgeblüht. Voller Sehnsucht nach ihm. Von der Hoffnung erfüllt, seine Hände brächten Schlaf.

Früher hatte er manchmal noch nach ihr geschaut, so als suchte er etwas in ihr, von dem er meinte, es noch gebrauchen zu können. Bruchstücke, Scherben, einzelne Splitter. Das war lang her. Sie hatte die Zeit verloren. Ihre Träume kamen nicht mehr – wie ihr Schlaf.

In diesem muffigen Speicher war sie verstaut, seit einer halben Ewigkeit. Abgefüllt und vollgedröhnt. Lichtloses Warten. Nacht für Nacht. Nicht mehr neugierig auf Menschen. Allein von dem Wunsch ergriffen: unterzutauchen, nicht aufzufallen, schweigen zu dürfen. Sie hatte sich ganz vergessen. In ihrer Stille hörte sie dann mitunter leise Stimmen. Bedrohlich nahe, dann wieder wie von fern. Dunkles Raunen und Murmeln. Nicht greifbar. Fremde Worte huschten vorüber. Und manchmal spürte sie plötzlich einen warmen Atem neben sich. Seinen Atem. Ganz nah. In diesen Momenten erfasste sie ein Grauen – und dann war ihr wieder seltsam wohl. Und sie wurde ruhig. Und sein Atem war nicht wie der Atem von Johanna: fürs ganze Leben zu dünn und fürs halbe zu stark. Ihr Atem war anders, dachte sie: Der hätte für zwei Leben reichen sollen. Fröhlich und unbeschwert.

Johanna kam nicht nach ihm. Sie – seine Tochter – und war es doch nicht.

Sie hatten es beide nicht gewusst, sie nicht und er nicht, dass es sich so schnell stirbt. Es hat aber doch so kommen müssen. Zwangsläufig. Alles hatte so kommen müssen. Nur hatten sie es damals noch nicht gewusst, in ihrem Haus, in ihrer Straße, am Bahnhof.

Nach Angaben der Angehörigen des Hotelpersonals in P. ist Marlene S. vor ihrer stationären Einweisung zunehmend schweigsamer und verschlossener geworden. Häufige Fehlschichten ergaben auf Nachfrage des zuständigen Bereichsleiters, dass sie an diesen Tagen ihr Bett nicht verlassen habe, weil ihr überhaupt nicht bewusst gewesen sei, zur Arbeit zu müssen. Äußerlich, so wurde der Quelle von mehreren Kollegen nach Krankenbesuchen berichtet, wirke die S. ungepflegt und stark abgemagert.

Die Luft war frostig und klar. Sie fuhr mit dem Rad den Berg hinunter. Die Straße war nass. Sie überlegte, ob es nicht besser sei, wenn sie lief. Dann stieg sie vom Rad. Auf der anderen Straßenseite kam ihr der Streuwagen entgegen. Lärmend und stinkend. Ein alter W-50. Graugrün. Gleichmäßig versprühte er seine Salzlauge über die Fahrbahn. Vielleicht würde es tatsächlich gefrieren, dachte sie. Dann müsste sie den Bus nehmen, auch wenn sie dann eine halbe Stunde früher zum Dienst erschiene. Im Moment beunruhigte sie dieser Gedanke noch nicht. Sie freute sich auf ihr Bett, das sie mit niemandem teilen musste. Acht Stunden Schlaf, dachte sie, wenn nur keiner stört; der Postbote oder die neue Kollegin von der Klinik womöglich. Seit die Neue geschieden war, kam sie immer häufiger. Zum Ausheulen, wie sie sagte.

Nebel kam auf. Gleichgültig ging sie weiter. Das Hinterrad blockierte, ihr Mantel hatte sich verklemmt.

Sie dachte an die Neue; ihr lächerliches Gehabe, ihre Vertrauensseligkeit und ihre penetrante Weinerlichkeit waren ihr zuwider. Die junge Frau war aufdringlich. Ungefragt erzählte sie von ihrem Mann.

Ruckartig zog sie den Mantel aus den Speichen, bis der Saum riss.

Unten in der Stadt wurde der Nebel dichter. Auf dem Berg und an der Klinik hatte sie ihn kaum bemerkt. Nach einigen Metern setzte sie sich wieder aufs Rad; sie fuhr den Weg am Fluss entlang. Dicke Nebelschwaden stiegen von dort aus auf und verteilten sich über den äußeren Stadtbezirk. Vom Weg sah sie fast nichts mehr; das Licht am Rad war defekt. Der Dynamo wahrscheinlich, oder die Nässe, dachte sie.

Dann fuhr sie über den Busplatz in eine der angrenzenden Nebenstraßen, schließlich bog sie links ein. Den Weg durch die Höfe schob sie das Fahrrad. Danach schloss sie es mit der Kette am Zaun der angrenzenden Schlosserei fest. Emil Zenker & Söhne – Drahtwaren aller Art, stand in alter Schrift auf einer Tafel am Tor. Verwaschener Marmor. Weiße Schrift auf schwarzem Grund. Früher hatte sie das Rad nicht sichern müssen. Dann aber, im letzten Sommer, war ihr das MIFA mit der Dreigangschaltung gestohlen worden. Das Klapprad, das grüne.

Im Torweg zum Haus war der Gully von einem Schneehaufen verdeckt. Irgendwer hatte in den frühen Morgenstunden den Schnee zusammengeschoben und die Wege zwischen den Höfen bestreut. Es roch nach warmer Asche, Schwefel und Ruß.

Im Hausflur brannte das Treppenlicht noch immer nicht. Rasch tastete sie sich am Geländer nach oben. Die Wohnungstür verschloss sie hinter sich zweifach, dann ging sie in die Küche, schaltete das Radio an und stellte einen Kessel mit Wasser auf den Herd. Sie drehte das Gas auf, schloss das Ventil aber gleich wieder. Die Streichhölzer waren nicht an ihrem Platz, sie ärgerte sich darüber, fand dann aber ein Feuerzeug neben dem Eimer mit den Briketts. Sicher hatte der Mann der Hausmeisterin die Hölzer verlegt oder mitgenommen, dachte sie. Letzte Nacht musste er hier auf sie gewartet haben, der Aschenbecher war mit seinen Kippen randvoll gefüllt, filterlose KARO. Sie lächelte bei dem Gedanken an den ständigen Krach zwischen ihm und seiner Frau, den Ärger wegen der Kinder, die täglichen Waffenstillstände …, und wie er die Nacht vergeblich in ihrer Wohnung gewartet haben musste. Sie erwartend – sie begehrend. Das heiße Wasser goss sie direkt in die Tasse. Türkisch schmeckt am besten. Wie immer ließ sie den Kaffee drei Minuten ziehen, bevor sie ihn trank. Der Bodensatz störte nicht. Danach spülte sie die Tasse, leerte den Aschenbecher, legte drei Briketts auf die Glut im Herd, wusch sich die Hände und putzte noch einmal die Zähne.

Bevor sie sich entkleidete, zog sie die Übergardinen vor das Fenster. Brauner Stoff über weißbeige Stores. Ohne erkennbare Eile löste sie die Spange im Haar, streifte ihre Bluse ab und öffnete den Verschluss des BHs. Ein TRIUMPH – aus dem Westen. Für Rock und Bluse nahm sie einen Bügel aus dem Schrank und ordnete die Sachen darauf. Strumpfhose und Slip legte sie auf den Stuhl vor dem Spiegel ab; die Wäsche stank nach Desinfektionslösung aus der Klinik.

Im Halbdunkel des Zimmers betrachtete sie ihren Körper aufmerksam. Sie schüttelte ihr offenes Haar und schaute frontal in den Spiegel. Sie glaubte wieder zugenommen zu haben. Die Hüften … Ihre Brüste schienen ihr zu üppig, der Hintern zu dick, an den Oberschenkeln Cellulitis, leichter Ansatz zum Doppelkinn. Sie kniff Augen und Mund zusammen. Sie hasste dieses Gefühl.

Sie schaltete die kleine Lampe mit dem Streublumenschirm ein, nahm Zeitung und Zigaretten vom Tisch und ging ins Bett. Sie las die Überschriften der ersten Seite, drückte die halbangerauchte Zigarette in den Aschenbecher und knipste die Lampe am Bett aus. Ihre Augen schmerzten noch immer. Sie dachte noch kurz an die Klinik: die Frau auf Intensiv, die Chronische, paranoide Psychose, akut suizidgefährdet. Ihr fünfter Versuch. Die Ärmste.

Dann dachte sie an den Mann der Hausmeisterin und an die Neue. Sie lächelte bei dem Gedanken, die beiden verkuppeln zu können. Für einen Moment hielt sie sich daran fest, dann schlief sie ein.

Am Nachmittag fuhr sie mit dem Stadtbus zur Mutter. Die Fahrt dauerte zwanzig Minuten. Als sie noch Kind war, schien ihr die Entfernung riesig und die Reise zur Stadt endlos zu sein. Damals waren Gemeinden und Kleinstädte noch nicht zur Kreisstadt zusammengefasst und das Dorf noch nicht eingemeindet gewesen. Sie erinnerte sich, wie stolz sie einst war, als sie, nach Konfirmandenunterricht und Taufgespräch, mit dem Vater Heu eingefahren hatte und er es ihr erlaubte, vorn bei den Pferden zu sitzen. Tage zuvor hatte er es ihr bereits versprechen müssen und sie hatte erregt auf den Tag gewartet. Ein Mann war ein Mann und ein Wort war ein Wort. Bei solchen Ausfahrten hatte er sich dann manchmal eine Pfeife gestopft. Nicht zu fest, nicht zu locker. Sie erinnerte sich auch, dass sie das herbe Aroma seines hausgemachten Verschnittes gemocht hatte; es gehörte zu Vater wie der Hof zum Vater gehört hatte, oder das Haus, das Pfarramt und die Kirche. Die Stallungen mit ihrem Geruch nach Mist und Heu, den Kaninchen, den Enten und Hühnern. Das war lang her. Heut' lebte die Mutter mit fünfunddreißig anderen Familien in einem der gelbgrauen Wohnblöcke, die die Genossenschaft am Rande des alten Dorfes aufgestellt hatte.

Schon jetzt wusste sie, dass die Mutter wieder Kuchen gebacken hatte und dass sie ihr, nach einigen Worten der Begrüßung, sagen würde, wie sehr sie sich über ihr Kommen freue, bevor sie gemeinsam essen und fernsehen würden. Gegen Abend, kurz vor der Abfahrt, würde ihr die Mutter schließlich einen ruhigen Dienst in der Klinik wünschen und ihr in diesem Moment eine Kette oder ein Paar Ohrringe aus Silber schenken, die sie mit Sicherheit in den nächsten Tagen wieder umtauschen müsste.

Das Dorf war lang und weit auseinandergezogen. Die Straßenbeleuchtung brannte am Tag. Verbeulte Peitschenlampen auf Betonsockeln mit grausilbernen Aluminiumschirmen. Sie ging einige Schritte die Dorfstraße hinunter. Ihr Blick suchte die alte Schule und das Bürgermeisteramt. Dahinter stand das Pfarrhaus mit seinen angrenzenden Nebengebäuden. Auf der Oberkante der Friedhofsmauer eingefügte Glassplitter und rostige Stacheldrahtstümpfe. Ihr Geburtshaus, Orte und Plätze der Kindheit. Tränen lagen in der Luft.

Nein, Papa, nicht weinen. Bin ein großes Mädchen. Versprochen. Sie wechselte die Straßenseite, sah sich die Auslagen in den kleinen Geschäften an und beobachtete in den Scheiben, wie sich die Männer nach ihr umdrehten. Für einen Moment dachte sie an den Oberarzt. Ihren Oberarzt. Sie lächelte ein wenig. Dann knöpfte sie den Mantel auf, schüttelte ihr offenes Haar in den Nacken und presste die Lippen fest aufeinander.

Auf dem Markt begegnete ihr der Pfarrer. Ein hagerer, leicht nach vorn gebeugter Mann im Talar, der seit mehr als zwanzig Jahren Vaters Dienst in den umliegenden Dörfern verrichtete, ohne Aufsehen und ohne Ärger. Eingefallene Wangen, schütteres Haar. Unmittelbar nach Vaters Tod war er ins Dorf gekommen. Er grüßte höflich, reichte die Hand und erzählte dann in gewundenen Sätzen recht umständlich vom Vater, ohne dass sie recht verstand, was er meinte. Der Mann schien verlegen, leicht erregt oder doch nur schüchtern zu sein. Schließlich entschuldigte er sich für irgendwas. Eine Nebensächlichkeit.

In dem Haus, in dem Mutter seit Vaters Tod wohnte, kannte man sie kaum. Die meisten Mieter wohnten nur kurze Zeit hier. Niedrige Großblockhütten, preußisch ausgerichtet, die Wohnungen eng und dunkel. Fünf Monate Bauzeit; die Genossenschaft brauchte Unterkünfte für ihre Arbeiter und für die Familien. Die Wände waren dünn, schlechter Beton. In den Nächten hörte man das Wimmern der Kinder ebenso wie das Stöhnen und Ächzen der Eltern. Gebremste Lust. Wie oft hatte sie während ihrer Besuche bei der Mutter deshalb keinen Schlaf gefunden. Sich überschlagende Stimmen, das Keifen und Schreien im Streit.

Die Haustür war noch immer eingetreten. Eine Pressspanplatte ersetzte das fehlende Glas. Neben dem Aufzug hing eine Tafel mit Hausordnung und Jahreskalender. Die Wohnungsnummern aller Mieter waren aufgelistet; Kehr-, Straßen- und Kellerordnungen über das Jahr verteilt. Die Wohnung 0483 war für die letzte Dezemberwoche eingetragen. Große Ordnung. Ausgerechnet über Silvester, dachte sie. Arme Mutter.

In der Wohnung roch es nach Gebackenem. Der Tisch im Wohnzimmer war mit dem blau-weißen Zwiebelmuster gedeckt. Ihrem Lieblingsgeschirr aus den Tagen der Kindheit. Auf dem Eichenbüfett stand noch immer das Hochzeitsbild der Eltern.

Vater in schwarz mit Chorrock und Beffchen, Mutter ganz in weiß, ohne Schleier.

Beim Kaffee erzählte sie von der Klinik – die Mutter von Verwandten, vom Garten und von der schmalen Ernte, die sie noch vor dem ersten Frost eingebracht hatte. Mutter ging es gut, ihr fehlte es an nichts. In der Küche schimpfte der Wellensittich. Vom Kreiskirchenamt, dem Pfarrer, der Superintendantur, der Genossenschaft oder von Vaters Hof erzählte sie nichts. Nach und nach schwiegen sie beide.

Am Abend war das Wetter umgeschlagen. Es schneite heftig.

Es wird Frost geben, sagte die Mutter nach einer langen Pause. Schon möglich, antwortete sie. Schon möglich. Dann räumten sie gemeinsam das Geschirr in die Küche, wo der Wellensittich noch immer lärmte. Jodkörner und Vogelsand lagen auf dem Boden.

Sie hatte es jetzt eilig; ihr war die Wohnung mit den Bildern der Eltern, dem laufenden Fernsehapparat und dem Sittich plötzlich zu eng. Länger als zwei bis drei Stunden hielt sie es ohnedies bei der Mutter nicht aus.

Beim Abschied schenkte ihr die Mutter eine Korallenkette aus Ungarn. Tränengefüllte Augen blickten sie an. Sie verstand: Illegal getauschte Forint, heimlich geschmuggelt – am Zoll vorbei. Die Mutter hatte sich Mühe gegeben. Umständlich dankte sie ihr. Dann versprach sie, bald wiederzukommen, in ein bis zwei Wochen vielleicht, schließlich rannte sie zum Bus.

Auf Station kam sie neun Minuten zu spät. Abwechselnd gab sie dem Busfahrer oder der Mutter die Schuld dafür. Sie war verärgert. Ihre Laune drohte umzukippen. Neun Minuten – das darf nicht sein. Wir werden das ändern. Das kann nicht sein.

Während der Übergabe sprach sie vom Glatteis, vom Schnee und vom Nebel, der wie eine Glocke über der Stadt lag.

Als die Schwester des Spätdienstes gegangen war, zog sie die Vorhänge im Stationszimmer zu, setzte Kaffee im Automaten an und nahm eine Zigarette aus dem Etui, in das die Mutter ihr Namenszeichen hatte einprägen lassen. Die neue Korallenkette legte sie in die Schachtel zurück. Während sie rauchte, studierte sie den Dienstplan. Im nächsten Monat hatte sie wieder zehn Nächte hintereinander; eine Schwester hatte Urlaub, drei waren krank; mit der Neuen traf sie nur zweimal zusammen, im Frühdienst. Das war ihr recht so.

Sie hatte bereits Kaffee in Tassen gegossen, als der diensthabende Oberarzt der beiden Psychiatrischen ins Zimmer kam. Der jungen Ärztin, die er von der Neurologischen mitbrachte, reichte sie ihre Tasse. Viel zu jung für ihn, dachte sie. Ein Küken.

Sie nahm eine neue Tasse aus dem Schrank, goss sich aber keinen Kaffee ein. Sie fühlte sich überflüssig und glaubte zu stören.

Später verließ sie unter einem Vorwand das Zimmer. Zuvor schaute sie noch auf den Verordnungsplan und entnahm dem Medikamentenschrank die angegebenen Präparate. Nervös griff ihre Hand in die Tasche des Kittels nach den Ampullen.

Auf dem Flur dachte sie plötzlich an den Mann der Hausmeisterin und an ihr Verhältnis zu ihm. Sie brauchte ihn gelegentlich, wenn es etwas in der Wohnung zu reparieren gab. Und manchmal auch so. Dann war er nett und zuvorkommend zu ihr gewesen, mehr wollte sie nicht. Das reichte.

Sie ging hinüber in den Westteil des Blocks. Im Flur der Geschlossenen duftete es nach Frühling. Wie am Vortag stand die Vase mit Freesien neben einem der Intensivzimmer. Der Spätdienst hatte die Blumen bereits auf den Flur gestellt. Weiße und gelbe Blüten. Vorgestern waren sie lila gewesen, dachte sie. Sie wusste, wie sehr sich die Frau in dem Zimmer über die Blumen freute. Deren Mann hatte sie mitgebracht; manchmal, als er noch regelmäßig kam.

Für einen Moment blieb sie vor der Tür stehen, bückte sich, sog den Duft der Blumen ein und atmete tief durch.

In der Zwischenzeit konnte von der Quelle erarbeitet werden, dass sich eine Krankenschwester der psychiatrischen Station, die mit der Tochter der Marlene S. gemeinsam eine Wohnung geteilt haben soll, gelegentlich um die S. kümmert. Dabei wurden allgemeine Botengänge wie Post und Einkäufe übernommen. Welche Kenntnisse die behandelnde Schwester von der S. besitzt, ist nicht bekannt. Informationen über Ursache oder Verlauf der Krankheit wurden unter den Mitarbeitern des Hotelpersonals bislang nicht ausgetauscht.

… irrsinniger Schmerz im Kopf. Sie ließ ihn zwischen den Händen der Schwester. Sie war wieder gekommen, ihr ihre Stille zu nehmen. In diesen Momenten wollte sie manchmal ihren Kopf nicht mehr. Von fern hörte sie das verhaltene Stöhnen der Lokomotiven. Immer häufiger wachte sie Stunden später mit dem Gefühl auf, entsetzlich gequält worden zu sein. Sie erwachte dann wie durch einen dumpfen Aufprall. Ihr Puls raste. Vorbeihuschende Schatten. Verschüttete Worte, Stimmen aus der Wand. Dieses Dulden. Wenn die Gittertür auf dem Flur ins Schloss fiel, der Schlüssel geräuschvoll kratzte und die Riegel an der Zimmertür einrasteten, fiel die Angst von ihr ab. Das Grauen verschwand allmählich. Nacht für Nacht. Jede Nacht.

Er würde nicht kommen. Sie wartete vergeblich. Keine Frage, keine Antwort.

Bis vor wenigen Tagen lag im Zimmer noch eine andere Frau. Jung, fast noch ein Mädchen. Wie eine Puppe sah sie aus: abgemagert, dünne Haut, bleich, mit starrem Blick und offenem Mund. Ohne Worte, ohne Atem, ohne jede Regung überhaupt. Kein Röcheln, kein Wimmern, kein Weinen.

Stumm wie die Trappisten, dachte sie. Die Zisterzienser oder die Schweigemönche, die nicht sprechen und nicht schreiben dürfen und ein Geheimnis zeitlebens für sich behalten müssen.

Heilige Schwüre, strenge Gelübde. Zu keinem ein Wort. Auf Leben und Tod. Sie hatte davon gelesen.

Jetzt war das Bett neben ihr frisch bezogen. Die andere hatte sich weggeschwiegen. Für einen Moment kehrte ihr Seelenfrieden zurück.

Nach einem kurzen Blickwechsel ordnete ihr die Schwester das Bett. Sie umfasste sie mit beiden Armen und bettete ihren Kopf auf das Kissen.

In diesem Moment lag sie ruhig, um nicht zu stören. Nur nicht stören, dachte sie. Ihr Kopf schmerzte nicht mehr. Sie würde durchhalten. Würde warten, bis er käme. Und wenn er endlich käme, dann würde sie ihn niemals wieder fortlassen. Sie bliebe in seiner Nähe. Sie würde mit ihm wohnen, oder sich in seiner Nachbarschaft ein Zimmer suchen. Und dann würde sie ihn beobachten. Ihn zur Arbeit begleiten am Morgen, und ihn abholen, am Abend. Und sie würde versuchen, in seiner Behörde eine Anstellung zu finden. Sie kannte das Geschäft. Wohin er auch ginge, sie wüsste es.

Sie erinnerte sich jetzt an die Magnolienbäume im Park: ihre Farben, ihre Blüten. Weiß bis zartrosa. Johanna hatte sie gemocht. Im Kreis um den Springbrunnen waren die Bäume gestanden; fünfzehn oder zwanzig mögen es gewesen sein. Kräftige Bäume mit weit ausladenden Ästen und starken Wurzeln. Der halbzerfallene Bahnhof ging langsam im Schatten der Magnolien unter. Dort hatte alles seinen Anfang genommen. Dort war sie ihm begegnet – in ihrer Straße beim Lichtspieltheater.

Der Bahnsteig, das Kartenhäuschen. Zwanzig Minuten Aufenthalt. Namen, die verlesen werden. Monat für Monat, Jahr für Jahr. Aussteigeverbot. Frauen mit flehenden Blicken, Kinder schauen gleichgültig fremd zu den Vätern. Johanna auf dem Fahrrad. Johanna als Mädchen, Johanna als junge Frau. Uniformierte, ein Pfiff. Er mit anderen an der Tür des Waggons. Winken, Weinen; ich komme wieder; ich weiß. An jedem Montag, Mittwoch und Samstag. Und die schönen bunten Karten. Und die Briefe mit seltenen Marken darauf. Die teuren Geschenke. Die Blumen …

Und wenn er kam, dann genoss er das Gefühl seiner Überlegenheit. Seine Weitläufigkeit, sein Lächeln … Er der Große, sie die Kleine …

Er wird uns vergessen haben, Johanna.
Mich und dich.
Er kommt nicht.
Niemals mehr.
Oder doch?
Vielleicht.

Die Briefmarken hat Johanna aufgehoben. Abgeweicht über Wasserdampf. Einsortiert ins Album. Schwarzes Schaubeck mit Folieneinsatz. Sie hat sie gesammelt wie sie alles gesammelt hat – von ihm. Papa Johannes, ihrem Johannes. Über Jahre hinweg.

Der D-Zug hat alles hinabgerissen. Nordwärts, unterwegs zur Ostsee. Als sie sie wegtrugen, meine Johanna, baumelnder Kopf, damals, am Bahndamm, Füße hängend im Schutt über den Gleisen, da war er schon weggegangen. Johannes. Von mir und von ihr.

Sie war siebzehn.
– Personenschaden –
Ein D–Zug … unterwegs zur Ostsee …

Neue Informationen zur Person der Marlene S. konnten nicht erarbeitet werden. Von Bekannten oder Mitarbeitern aus ihrem unmittelbaren Arbeitsbereich ist sie seit längerer Zeit nicht besucht worden (Intensiv bzw. geschlossene Station). Im Hotel wird offen vermutet, dass der Rückzug der S. sowie ihr verstörtes Wesen auf eine gescheiterte Beziehung zu einem Mann zurückzuführen sei. Über den Verbleib der Tochter liegen der Quelle keine Informationen vor.

Bis zum Morgen war es auf der Station ruhig geblieben. Die Aufzüge standen still, kein einziges Mal waren sie in den vergangenen Stunden gerufen worden. Gegen fünf ging sie noch einmal durch die Zimmer. Bei allen Patienten hatte sie Puls und Körpertemperatur gemessen und die Werte in die Kurven eingetragen, die sie später dem Frühdienst aushändigen würde. Die Übergabe klappte reibungslos, die üblichen Sätze, die gleichen Verrichtungen; sie konnte sich Zeit lassen bis zur Abfahrt des Busses.

In der Nacht hatte es wieder geschneit. Die Wege und Straßen um die Klinik waren noch nicht geräumt. Der Goldfischteich zugefroren.

Nach dem Zehneinhalbstundendienst war sie müde. Sie fror. Auf dem kurzen Weg zur Bushaltestelle begegnete ihr der Oberarzt. Er hatte es eilig, wollte nach Hause. Grußlos liefen sie aneinander vorbei. Sie dachte an ihr Bett, an die ausgekühlte Wohnung und an heißen Kaffee. Es ärgerte sie, dass er ihr nicht die Hand gegeben hatte. Wortlos, wie Fremde.

Als plötzlich ein Auto vor ihr hielt, verstand sie nicht gleich, bis sie die junge Ärztin der Neurologischen erkannte. Das Küken. Gemeinsam fuhren sie in die Stadt. Zum Bayrischen Bahnhof, zur Kohlenstraße. Kurz nach dem Augustusplatz verabschiedeten sie sich wortlos. Die Ärztin bog rechts in das angrenzende Neubauviertel ab. Die Plattenbausiedlung der Innenstadt.

Zwischen den Höfen und dem Torweg war wieder Asche gestreut. Die Mülltonnen standen vorn im ersten Hof. Es war Donnerstag. Der Tag, an dem sie geleert wurden. Über dem Gully erhob sich noch immer der Schneehaufen vom Vortag. Neuer

Schnee war nicht hinzugekommen. Sie ging ins Haus. Sie schaltete das Treppenlicht an, irgendwer hatte es repariert. Sie öffnete die Wohnungstür und verschloss sie hinter sich. Zweimal drehte sie den Schlüssel herum. Dann hörte sie das Knacken des Relais, das Treppenlicht war wieder aus.

Sie erwachte erst gegen Abend. Bis zum Dienst blieben ihr nur noch wenige Stunden. Sie wusch sich gründlich mit handwarmem Wasser, putzte die Zähne, föhnte das Haar.

Ein alter Schlager im Radio erinnerte an die Kindheit. Mit dem Vater hatte sie danach getanzt, kurz bevor er abgeholt worden war. An jenem Tag hatte er versprochen, er käme zurück. Sie sahen sich nicht wieder. Kein einziges Mal. Ein Mann ist ein Mann und ein Wort ist ein Wort.

Die Nachrichten unterbrachen die Musik. In der Welt gab es wenig Neues. Übererfüllte Pläne. Straßenschlachten in Johannesburg. Bevorstehende Wahlen. Sondersitzungen des Sicherheitsrates. Kampf gegen Eis und Schnee. Eine Flugzeugentführung mit Geiselnahme. Stürme irgendwo im Süden. Trockenheit woanders.

Sie zog die Vorhänge im Schlafzimmer zurück; draußen war wieder dichter Nebel. Es war kein neuer Schnee gefallen. Sie straffte Laken und Bettbezug. Dann richtete sie das Bett genau so, wie sie es immer tat. In der Klinik oder zu Haus. Blaue Kante nach außen, Kopfkissen gefaltet, handbreit vom oberen Bettrand.

Das Blumengeschäft auf der gegenüberliegenden Straßenseite hatte schon geschlossen. Es dämmerte bereits. Die Türjalousie war heruntergelassen, das Licht ausgeschaltet. Sie ging durch die Höfe den ihr vertrauten Weg. Abgezählt hielt sie das Geld in der Hand. Das Geld für die Fremde. Sie klopfte am Hintereingang des Ladens. Sie klopfte, bis ihr geöffnet wurde. Wortlos brachte man ihr die Freesien.

10

Beschluss zum Anlegen eines Operativen Vorganges (OV)

Zur Operativen Personenkontrolle Robert K. wird beschlossen, diesen zu erweitern und in einen eigenen Operativen Vorgang (OV) zu registrieren. Der Deckname wird beibehalten. Die Vorgangsperson steht im dringenden Tatverdacht, am 21. November 1986 strafbare Handlungen im Rahmen des überregionalen Zusammenschlusses mehrerer feindlich-negativer Kräfte begangen zu haben (OV Kohle, OV Kerze, OV Handzettel, OV Bruder, OV Bühne). Kontroll-, Bearbeitungs- und Zersetzungsmaßnahmen sind zu realisieren. Dabei ist der Nachweis der Begehung strafbarer Handlungen zu führen und die Tatbestandsmäßigkeit dieser Handlungen nach § 107, § 108, § 109, § 218 und § 219 StGB zu prüfen und zu dokumentieren.

– *Brich nicht ab … Papa.*
– *Ich weiß. Fast zwei verlorene Jahre.*
– *Du warst weg, einfach weg …*
– *Nein, ich will Dich nicht quälen. Ich versteh nur zu wenig, das ist alles.*
– *Und vielleicht hören die Bilder auf, hören endlich auf – und kommen nicht wieder … und vielleicht sehe ich dann Dein Lächeln wieder … ich vermisse es so …*
– *Warum Leipzig? Warum ausgerechnet Euer Viertel, warum nach achtzehn Monaten Eure Straße?*

Nachtstaub und Klopfzeichen

»Diese (...) Jahre sind meine Jahre,
was ich gesehen habe, hab ich gesehen,
was ich gehört habe, hab ich gehört,
was ich gedacht habe, hab ich gedacht,
und da möchte bitte keiner kommen und sagen,
alles wäre ganz anders gewesen.«
E. Loest

Schlechtbeleuchteter Aufgang. Überfüllte Papierkörbe, Speisereste am Boden. Kopfbahnhof mit Kuppeldach.

Da ist einer, der wegfahren will. Heim und raus und weg. Nach Hause, nur erst nach Hause.

Es war ein nasskalter Morgen als er nach L. fuhr. Zwei Jahre hatte er seine Wohnung nicht mehr betreten, war weg, war fern.

Achtuhrsechsundzwanzig, Bahnsteig 11 A.

In einem der vorderen Zugabteile hatte er Platz gefunden. Fast durch den gesamten Zug war er gelaufen, bis er dieses Abteil gefunden hatte. Es war ganz sauber und ganz leer, wie eben erst angekoppelt. Penetrant roch es nach frischem Salmiakgeist und Bohnerwachs.

Er hatte sich eine kleine Reiselektüre mitgenommen: ein schmales Buch. Zweisprachig: Contes de Fées. Er kannte die Texte.

Der Zug rollte aus dem Bahnhof. Es ging heim.

Draußen war Herbst, überall Reif, neblige Schwaden. Manchmal Nieselregen. Die Sonne schillernd im Dunst, unwirklich, wie gemalt. Verlorene Morgenröte, die sich irgendwo über dem Horizont ergoss – ein bisschen wie im Film, dachte er: Langsam sterbende Landschaft, eine Straße, die sich allmählich im Acker verliert, ein Schotterweg zum Hügel hinauf, fort ins Nichts.

Nur weg.

Fertigteilhäuser, dann Vorstadtgärten mit Bäumen und Sträuchern. Das Gezweig der Bäume, zierlich und zart, zerbrechlich wie dünnes Glas oder Porzellan. Die Äste flogen am Fenster vorbei, dann rückten sie in die Ferne, verschwanden ganz aus seinem Blick. Wiesen, später Dörfer und Felder, einmal nah, dann wieder weit weg. Zwischen dunklen Hügeln standen Telegraphenmasten auf den Kuppen. Jeder Pfahl in sich erstarrt. Die Häuser der Bauern fügten sich zugehängt in das Bild. Das Vieh und selbst die Vögel am Damm schienen sich mit dem grauen Wetter abgefunden zu haben.

Gedankenverloren blickte er in die verödete Landschaft hinaus. Am Bahndamm in Reih und Glied trübe Lampen, über deren schwachen Schein sich langsam Schauer von Nieselregen und Flugasche ergossen.

Einmal, als der Zug lange an einem Streckensignal warten musste, sah er einen alten Schäfer. Sah dessen Herde, die vielleicht heute das letzte Mal auf die Wiese getrieben worden war, sah den Gang der Tiere, ihr weiches, wolliges Fell.

Als ihn der Schaffner weckte, fuhr er ängstlich zusammen. Schritte im Korridor, vorbeihastend, der Kalfaktor …

Er zeigte seine Fahrkarte. Bilder drangen in sein Denken ein. Vergessene, wirre Bilder, die sich zwischen ihn und dem anderen, der er auch gewesen war, zu legen suchten. Nachtstaub – nichts weiter, dachte er.

Müde blickte er wieder aus dem Fenster … plötzlich bewegen sich die Wände im Abteil, neigen sich, scheinen zu fallen; es ist eng um ihn – und dunkel; die Waggondecke hebt sich, tritt ganz zurück; Wolken und Sterne, da wo sonst dämmernde Leuchtstoffröhren und zerbeulte Netze für Taschen und Koffer sind; kriechend bewegt er sich an den in der Schräge verkeilten Wänden entlang; während er mit den Füßen Halt in dem Rahmen eines zerborstenen Fensters sucht, fluten neue Bilder in sein Hirn; in einem sieht er das entleerte Gesicht eines Jungen, der zwischen Gestein und Geröll immer tiefer in einen Schacht fällt – ins Bodenlose – ; aufwärts hastend arbeitet sich sein Körper ins Freie, ins Dunkel, das Nacht vermuten lässt; ungeschickt tasten seine Finger die messerscharfen Bruchstellen zwischen Wand und Decke ab, immer häufiger fassen seine Hände ins Leere; sie schmerzen entsetzlich, Blut läuft ihm übers Gesicht; dennoch hört er nicht auf, sich aus dem engen Schacht zu ziehen; – endlich hat er es geschafft, ist er weg, ist fort, ist raus; taumelnd kommt er in eine Stadt, eine fremde Stadt; nie zuvor ist er hier gewesen, doch er ahnt, was kommen wird – erst ein leichter Wind, dann eine scharfe Böe – vertraute Bilder; der Wirbel erfasst ihn, er wird zu Boden geworfen, ein heißer Sog zieht ihn mit sich; Staubkörner dringen in ihn ein, spitz und messerscharf, gehen durch ihn durch; über die Straßen und Gassen geht es kreuz und quer, einmal sind die Beine zuoberst, ein anderes Mal ist es sein Kopf; inmitten der Stadt, die geschlossen ist und verlassen, auf dem mittelalterlichen Marktplatz, neben dem gemauerten Brunnen, steht er, barhäuptig, abwechselnd fröstelnd und dann wieder schweißnass; – und er ist festgebunden an einem Pfahl; lose hängen rostige Ketten an Fuß- und Handgelenken herunter, die Beine gespreizt, die Arme nach hinten verdreht; die verbotene Stadt und der Platz mit dem Brunnen und den Türmchen, die Gassen und Wege, dies alles scheint ihm seltsam vertraut, – nur weiß er noch nicht, woher und wieso, er ahnt nur, dass er es wissen müsste; hoffend lauscht er in die Ferne; – kein Laut dringt bis zu ihm vor; seine Ohren vernehmen kein Vogelgezwitscher – kein Fahrzeuggeräusch; – nicht einmal die schrille Sirene eines Notarztwagens; Weglaufen ist unmöglich; fest haften die Schellen an seinen Gelenken; barfüßig steht er in feinem roten Sand; sieht die staubige Straße, den Brunnen – und Regen darauf; die Tage wechseln rasch, Wochen und Monate vergehen; gefesselt sieht er die verschiedenen Jahreszeiten sich ablösen; erlebt er Frühjahr und Herbst, friert oder schwitzt er im Winter oder im Sommer; die Jahre eilen an ihm vorüber wie im Fluge; – mager ist er geworden, kaum noch er selbst; – Stürme, Schnee und Eis, aber auch die Glut der Sonne und der Frühjahrs- oder Herbstregen zerfetzen ihm nach und nach die gegerbte Haut und das schüttere Haar bis eines Tages während eines besonders heißen Sommers sein elender Körper wie Pergament zu brennen beginnt; erst langsam, von den Füßen an, dann rasch kopfaufwärts sich hochzüngelnd nähren sich die Flammen von seinem Leib; ganz hell und ganz hoch; – er reißt an den Ketten; er bäumt sich auf, er schreit – dann verstummt sein Mund; schmerzende Müdigkeit greift ihn an, er ist weg –

Der Schaffner kehrte zurück. Abgetragene Uniform, eingetrübte Augen versteckt unter speckigblauer Schirmmütze. Weggeschobene Riegel, kratzende Schlüssel hinterm Korridor, aufgeschlagene Türen. Kübelzeit.

Der Schaffner schleppte sich hinüber ins nächste Abteil. Sein Gang war gebeugt und schwer. Die Mütze auf dem kurzgeschorenen Kopf wippte ein wenig beim Gehen. Es roch nach kaltem Tabakrauch und Bier. Der Schaffner hatte die Tür zum Nachbarabteil offen gelassen.

Kurz vor L. sah er wieder aus dem Fenster. Die schneidenden Bögen der Gleise teilten die Landschaft. Hier und da kreuzten sie Straßen. Gusseiserne Viadukte zogen schwerfällig vorüber. Dörfer lagen da, wie betrunken; nackte Hügel drehten sich im Staub. Der Kohletagebau hatte rings um die Stadt einen wulstigen Schorf hinterlassen; braungrau, kaum verwachsen, über und über verkrustet. Kilometerweit nur ausgedörrtes Erdreich.

Verkümmerte Sträucher säumten den Bahndamm. Wie leblose Arme waren die Büsche in den Boden gesteckt. Ihr sprödes Geäst war einmal duftender Holunder oder Flieder gewesen. Blauviolett und Weiß. Einfach fort, einfach weg. Die Innenstadt von L. erschien ihm später nicht anders. Auf den Gehwegen, den Straßen, am alten Rathaus, dem Platz vor der Universität, überall häufte sich der Tagebaulehm. Am Bayrischen Bahnhof, im Abrissviertel zwischen Körner- und Kohlenstraße, war der Schutt der angrenzenden Wohnbezirke zusammengetragen, liegengelassen und vergessen worden. Vergessen wie das ausgehöhlte Fabrikgebäude. Die Weberei. Die Türen der Häuser provisorisch vernagelt, verwittertes Holz. Hier hatte er gewohnt. Links und rechts der Weberei getarnte Ruinen. Wo noch vor einigen Jahren der Umschlagplatz für Brennkohle und Koks gewesen war, überzog ein schmieriger Belag Schotterwege und Pflaster. Irgendwo auf den Höfen das Gekläff eines Hundes. Der alte Wasserturm stand noch gegenüber den Gleisen, nur die hölzernen Telegraphenmasten fehlten. Und mit ihnen die Vögel.

Die Fenster im zweiten und dritten Stock waren zugemauert. Einfaches Haus – verwaschener Klinker. Unterm Dach: Samuel Tobermann & Söhne. Die Firma gab es seit Kriegsbeginn nicht mehr, wie die Seifenfabrik, Ecke Lößniger, neben dem Tabakladen. Eine Lagerhalle stand jetzt dort, direkt gegenüber dem Bahndamm und der Weberei. Im Gestrüpp neben der Halle lagen rostige T-Träger. Baumstümpfe links und rechts des Eingangs. Oberhalb der Tür – ein Transparent: Diese Welt ist unsere Welt.

Durch zwei angrenzende Kellerdurchgänge gelangte er ins Haus. Fünf Jahre hatte er dort gewohnt, gemeinsam mit Maria, dem Kind und dem Maurer, ohne Heizung und ohne Ofen – bis zu jenem Tag … Bürger, Klärung eines Sachverhalts … Einsteigen, mitkommen.

Das Haus war irgendwann einmal besetzt worden. Er erinnerte sich nicht mehr genau, wann dies geschehen war.

Im Hausflur roch es nach Katze, faulem Holz und nicht belüfteten Räumen. Modriges Gemäuer. Salpeter und Schimmel. Hier war er zuhause.

Jetzt wohnte hier niemand mehr. Die Polizei hatte das Viertel vor kurzem geräumt; er hatte davon gehört.

Im Parterre – finster. Erst das Flurfenster, die halbe Treppe höher, spendete Licht. Die schmale Toilettentür stand halboffen; das Plumpsklo stank abscheulich. Er fingerte den Schlüssel aus dem Versteck zwischen Wand und Fenstersims. Sein Blick glitt über die angrenzenden Höfe mit ihren Klopfstangen und Werkstätten. Freigang im Hof, Wäschekommando, Essen fassen.

Dann ging er zur Wohnung.

Im Flur lehnte noch immer das schwarze Herrenrad an der Wand. Die MOEVE, Baujahr zweiundzwanzig. Das Geschenk des Großvaters. Die Wohnung war leer, der Strom abgeklemmt, nur das Wasser tropfte in der Küche. Zwei Zimmer – zwanzig Quadratmeter. Die Möbel standen wie damals, wie zugehängt. Er war nie wieder hier gewesen. Kein einziges Mal.

Früher war es hier schön – mit den Freunden – mit Johanna, mit Heinrich, mit Maria und der Kleinen. Eine schöne Zeit, ihre Zeit. Seine Handgelenke schmerzten plötzlich wie sein Kopf und sein Nacken. Jetzt schoben sich ihm die Bilder aus dem Zug ins Gedächtnis. Leise Klopfzeichen – Stille lag auf seinem Gesicht. Er sah sich nackt im Duschraum wie er mit gespreizten Beinen und ausgestreckten Armen an der Wand stand. Er spürte das Anschwellen seiner Augen und den plötzlichen Druck im Ohr. Den stechenden Krampf im Unterleib. Die rhythmischen Stöße. Den festen Griff im Nacken. Er hörte seine ins Nichts fallende Stimme. Hörte sich schreien – sah seine im Schmerz zerbissenen Finger. Er wollte jetzt reden, irgendwie reden, aber er hatte nur den anderen und sich selbst vor Augen. Heim und raus und weg. Er wollte Tee kochen, wie er es früher getan hatte, wenn er von der Schicht gekommen war. Er redete sich ein, dass jetzt alles vorbei war. Aus und vorbei. Er hatte nicht an Tee gedacht, auch nicht an den abgeschalteten Strom. Er dachte an die Zeit vor fast zwei Jahren. Vor achtzehn Monaten. Er nahm die vergilbte Zeitung vom Küchentisch. Er blätterte wahllos. Er überflog die Seiten. Er dachte an den Tag. Seinen letzten Tag.

ZU DEN »VORFÄLLEN« IN L.
L.(adn). Auf Anfragen von ausländischen Korrespondenten an das Ministerium des Innern gibt dieses zu dem »Vorfall« vom 21.11. bekannt, dass in der Stadt L. mehrere kriminelle Straftäter bei dem Versuch verhaftet worden sind, staatsfeindliche Handlungen zu begehen. In der Nacht zum 22.11. verübten daraufhin ein offensichtlich geistesgestörter Mann und eine Frau auf einem öffentlichen Platz einen Suizidversuch. Die Polizei griff ein.

11

IM–Bericht Falke

Marlene S. ist seit Wochen nicht mehr zur Arbeit erschienen. Im Hotel wird offen vermutet, dass sie tabletten- oder alkoholabhängig ist. In der Vergangenheit kam es immer häufiger vor, dass sie Kunden im angetrunkenen Zustand bediente, falsches Wechselgeld herausgab oder internationale Gäste direkt belästigte. Nach ihrer Arbeit besuchte die S. oft andere gastronomische Einrichtungen in der Stadt, um dort Kontakt zu Männern zu knüpfen. An solchen Tagen war sie leicht aufbrausend und euphorisch. Tage danach wirkte die S. allerdings wiederum völlig mutlos und ohne Antrieb. Diese Gemütsschwankungen halten seit Monaten an. Die S. wird von allen Mitarbeitern des Hotels Lerche als stark materiell veranlagt eingeschätzt. Häufig wechselnde Männerbekanntschaften sind ihr eigen. Mit ihrer Tochter, Johanna S., wohnt sie im Einvernehmen. Die Tochter wirkt nicht vernachlässigt und hat eine gesunde Bindung zu ihr.

– *In den Farben Deiner Erinnerung kommen die Bilder jener Tage nicht so zurück wie die Jahre und Tage waren. Du bist nicht mein Lehrer, Papa. Du wirst retuschieren, weglassen, übermalen. Ich weiß. Und mir bleiben die Skizzen. Aber schon das reicht mir aus.*
– *Marlene bleibt übrig. Alles was ich weiß, ist Schmerz.*
– *Marlene – eine Ohnmacht über Jahrzehnte. Verschlossene Türen, das falsche Leben im richtigen.*
– *Sie war krank, die Nerven, sagst Du. Aber was heißt das: kaputt gemacht?*
– *War sie verrückt oder ist auch das nur Gerede? Böse Zungen über eine Kranke?*
– *Einweisung in die Psychiatrie … Wechselnde Häuser, verschiedene Sanatorien, über die Jahre hinweg.*
– *Johannes …? Wieder Johannes?*

Marlene

»(…) hätten wir nur einen Namen –
und wäre der auch nur in der Nähe
der nötigen Bedeutung gewesen –
wir hätten über unsere Tränen verfügen können …
Hier jedoch blieb unsere Sprache leer (…)«
G. Neumann

Nach Arnsdorf in die Nervenklinik.

Überfüllte Schlafsäle und meine geflüsterte Bitte im Lärm. Ich will nicht fort, lasst mich bleiben. Dösen und Waldheim liegen hinter mir, was soll noch kommen? –

Da war diese Stadt. Und in der Stadt die Burg. Eine Kleinstadt zwischen den Hügeln. Verschwiegen wie ein Grab, fast ein Gebilde aus Pappmaché und Gips. Und doch wirklich: aus Mörtel und Stein. Weißgrau oder Schwarz. Und die Burg umgeben von dampfendem Nebel, der das Atmen schwer machte. Nur die Bahnlinie am Fluss durchschnitt den Nebel. Am Uferdamm fuhren die Züge. Hin und her, ins wirkliche Leben, Gott weiß wohin. Und Musik war da, aus Lautsprechern, aus der Ferne, aus der Stadt oder wie aus einer anderen Stadt, von weit hinter den Anstalten, Mauern und Latrinen.

Hier war sie angekommen mit ihrem Gepäck: ihrer Sehnsucht, ihrer Angst. –

Eingewiesene Patientin mit wahnhafter Idee, akute Selbstgefährdung, emotional instabile Persönlichkeitsentwicklung. Bisherige

Anamnese: interessen- und gefühllos, innerlich blockiert, stark leistungsgehemmt. Verzögertes Reaktionsvermögen, geht auf Fragen kaum ein. Bislang phasenweiser Verlauf der Krankheit. Behandlung: fortlaufende Psychotherapie, Antidepressiva und Hypnotika.

In der Nacht schaute sie durch die vergitterten Fenster ins Dunkel, hinter dem jener Tag stand, und der Tag zuvor, wie jeder andere auch: stumpf, aufgequollen, nicht greifbar. Heute und Morgen bedeuteten ihr nichts. Sie glaubte, entsetzlich gequält worden zu sein in diesen Stunden, wenn ihr Herz plötzlich raste und nach Rast suchte. Sie hatte Angst, dass sie sich tödlich anstecken könnte, wenn sie die Öde des Uferdamms und des Nebels zu lange betrachtete. Sie wollte nicht fort. Sie wollte nichts sehen. Sie war nicht mehr neugierig auf das Leben. Sie forschte in sich nach der Stille, die ihr unerkennbares Glück bedeutete, die ihr aber in den Minuten wieder entglitt, da sie sie gefunden glaubte.

Nur die Nächte, dachte sie, diese Nächte waren anders, gehörten ihr. Hier suchte sie ihre Träume. Sie lagen ihr auf der Brust, drängten sie, wollten hinein. Wenn die Nacht hinter dem brennenden Horizont langsam aufzog, entschwand ihr die Stille nicht. Dann horchte sie in sich. Und immer wieder versuchte sie, die Erinnerung daran wach zu rufen, was geschehen war mit ihr, damals, im August. Sie war dann bereit, alles zu ertragen, wenn sie nur, und sei es für den Augenblick dieser Nacht, von der Pflicht befreit war, für sich und die andere, die auch in ihr war, Entscheidungen treffen zu müssen. Verantwortlich zu sein.

Im Himmel war Dunkelheit, die Nacht brachte Stille. Trübnis lag um das Haus. Und im Dunkel, hinter dem verriegelten Fenster, das sie in ihrer fixierten Wirklichkeit nicht sehen, nur erahnen konnte, ließ sie es vor ihrem inneren Auge tatsächlich August werden, warm und weich, wie unter der Dusche, ließ sie

Johannes wieder neben sich sein, ihren Johannes, ließ sie ihn die Straße heraufkommen.

Sie war siebzehn, als sie ihn zum erstenmal gesehen hatte. August 1965 am Connewitzer Lichtspieltheater. Die Mädchen aus dem Hotel, die Freunde mit Musik – fast die halbe Lehrklasse war damals zum Kino gekommen. Montag, Mittwoch und Samstag. Zwölf Vorstellungen im Monat.

Irgendwann stand er hinten in der Reihe und wartete und trank Bier, wie sie alle. Er musste nach ihr gekommen sein, sie hatte ihn erst spät bemerkt. Ein paar mal begegneten sich ihre Blicke, flüchtig, ganz kurz. Er gefiel ihr.

Später, als die Kassiererin gekommen war, glaubte sie seinen Blick im Nacken zu spüren. Fest und bestimmend. Damals fehlte ihr der Mut, sich umzudrehen. Ihre Hände waren feucht.

Als sie schwindeln musste, wurde sie rot.

»Achtzehn, ja achtzehn.«

›Karla‹. Mit Jürgen Hentsch und Jutta Hoffmann. P. 18. Freunde aus Berlin hatten von dem Film erzählt. Es gab Gerüchte.

Sie hatte keine Karte bekommen. »Keinen Ausweis dabei«, sagte sie. Die Kassiererin nahm ihr die achtzehn nicht ab.

An der alten Litfasssäule, neben der Tankstelle, holte er sie ein. Außer Atem hatte er gefragt, ob sie keine Lust mehr habe, auf's Kino?

Er hatte zwei Karten in der Hand, die er ihr plötzlich entgegenstreckte. Etwas ruckartig, etwas linkisch. Er lachte – und sie lachte ebenfalls.

Damals, im August, als es heiß war.

Zur Sicherung und Aufklärung der Verbindungen der Angehörigen des Hotelpersonals in P. macht sich die Anwerbung eines geeigneten inoffiziellen Mitarbeiters notwendig. Während der operativen Bearbeitung wurde die Kandidatin durch den Mitarbeiter »J.« bekannt. Die Kandidatin ist entsprechend der Jugendmode gekleidet und verfügt über einen großen Freundeskreis. Auftreten und Verhalten entsprechen ihrem Alter. Es kann eingeschätzt werden, dass die Kandidatin hervorragend für die operative Nutzung angefallener Objekte geeignet ist. Unter Legende hat der Mitarbeiter »J.« mit der Kandidatin Kontakt aufgenommen. Die Legende wurde von der Kandidatin geglaubt. In der Perspektive wird sich der Mitarbeiter (Quelle) deshalb als unmittelbare Kontaktperson häufiger mit der Kandidatin treffen. Treffintensität und Treffergebnisse sind so optimal zu gestalten.

Nach dem Kino waren sie spazieren gegangen.

Erst Wochen später hatte sie ihn wiedergesehen. Nach Feierabend war er zu ihr ins Foyer gekommen. Im weißen Nylonhemd, das Jackett oder die Uniform über dem Arm, die Hand in der Tasche, ohne Koffer, ohne Gepäck. Sie waren zusammen ausgegangen. Ein Menü, drei Gänge, bei ihr im Hotel. Er war zuvorkommend, höflich, galant. Im Restaurant und später an der Bar ließ sie sich von ihm bedienen, das tat ihr gut. Unsagbar gut. Sie fühlte sich als Frau respektiert, als richtige Frau.

Und als er sie damals nach Haus brachte, genau an der Stelle, wo das Eckhaus mit der Dampfbäckerei gestanden war, durch das sie als Kinder immer hindurch mussten, über die Höfe, Räuber und Gendarm, oder beim Fangenspiel … Eins, zwei, drei, vier Eckstein, alles muss versteckt sein, wer vor mir steht, wer hinter mir steht, der muss es dreimal sein – damals, in ihrer Straße, genau an dieser Stelle, an der Ruine, neben den Waschkellern und Mülltonnen in einem der hinteren Höfe, da war er ihr mit der Hand unter den Rock gefahren. Hitzig und grob. Zwischen ihren Schenkeln hatte er sich durch das Höschen gezwängt, ohne zu warten, tief und tiefer in sie hinein. Stoß auf Stoß. Unerträgliche Schmerzen. Hab dich nicht so. Sie hatte sich überwunden.

Noch Jungfrau. Gelächter. Verhöhnung. Schlag auf Schlag. Entschuldigung. Er nahm sie in die Arme, er weinte. Unverzeihliche Entgleisung. Er verstand sich nicht … Ein neues Kleid. Versöhnung. Blumen. Ein Kuss.

Die Kandidatin hat in den letzten Jahren eine feste politische Grundhaltung entwickelt. Die bisherige Zusammenarbeit lässt die Einschätzung zu, dass die Kandidatin zuverlässig ist. Bedingt durch ihr jugendliches Alter (19) ist die Kandidatin äußerst kontaktfreudig. Eine direkte Werbung beziehungsweise eine Umregistrierung zum inoffiziellen Mitarbeiter erfolgte noch nicht, da seitens des operativen Mitarbeiters »J.« unserer Diensteinheit glaubhaft gemacht werden konnte, dass die Kandidatin dem Mitarbeiter hörig ist und dieser das volle Vertrauen der Kandidatin besitzt. Eine Schweigeverpflichtung wurde bereits eingeholt. Als Kennwort für außerplanmäßige Treffs ist vereinbart, dass die Kandidatin eine Postkarte mit dem Namen »Lili Zukunft« unterschreibt und an die Zweitwohnung des Mitarbeiters »J.« schickt. Die Anschrift der Zweitwohnung ist ihr bekannt. Neben Aufträgen zur operativen Bearbeitung von Personen wurde die Kandidatin bisher im Hotel »Lerche« eingesetzt. Da die Kandidatin dort arbeitet, konnte sie gezielt auf ausländische Objekte angesetzt werden. So konnten bereits Kontakte zwischen DDR-Bürgern und Personen aus dem Operationsgebiet aufgeklärt werden. Die Kandidatin, die von der Legende des operativen Mitarbeiters »J.« nichts weiß, ist auch bereit, in seinem Auftrag – wenn erforderlich – Intimbeziehungen mit für uns relevanten Personen einzugehen.

Irgendwann später trafen sie sich regelmäßig. Montag, Mittwoch und Samstag. Zwölf Vorstellungen pro Monat. Er war oft auf Dienstreise. Sie oft allein. Von seinen Reisen brachte er Geschenke mit. In diesen Stunden war sie glücklich mit ihm.

Manchmal, bevor er noch ihr Erstaunen über seine Aufträge bemerkte, hatte er gesagt, dass er sich nicht mehr auskenne in seiner Welt, und dass da nur Brandmauern stünden um ihn herum, und er hatte erzählt, von seiner Kindheit, vom Hunger und von der Kälte, den Wäldern um Tharandt, dem fehlenden Vater, dem Militär. Und er hatte geweint und sie fühlte sich gut, ihm helfen zu dürfen, für ihn da zu sein, ihm Halt zu gewähren – eine lange Zeit war das so. Sie nahm ihn dann in die Arme, sein Haar streifte über ihr Gesicht. Sie schmeckte sein Parfüm. Und in der Endlosigkeit dieser Stille störte sie nur das monotone Ticken der Uhr an seinem Handgelenk, das sie erinnerte, ihre Zeit war wieder nur für Stunden geborgt.

Patientin mit ausgeprägter ICH-Schwäche. Negatives Selbstbild tritt mehr und mehr zu Tage. Dabei erlebt sich die Patientin als wertlos und unwürdig. Depressive Grundstimmung bis hin zum Selbsthass. Heftige Selbstvorwürfe und Selbstanklagen wechseln mit ambivalenten Affekten.

Und wenn er zu ihr nach Haus kam, an einem der von ihm festgelegten Tage, und sie erzählte, vom Hotel, von der Arbeit, den Aufträgen oder den Gästen, dann sagte sein Blick: So ist das also jetzt zwischen uns, das hatte ich anders in Erinnerung, mit der Liebe, mit uns und so. Und dann griff seine Hand in ihr Höschen … ohne Vorwarnung, hitzig und grob. Noch feucht?, fragte seine Stimme etwas fremd. Und hat's Spaß gemacht, gestern? Und dann: Schluss und aus und fertig. Tränen und wieder »Vergessen« und wieder »Toleranz«.

»Ich verzeihe Dir! Abgemacht?«

Später vermied sie es, ihn anzusehen, wenn sie ihm berichtete. Sie hatte gelernt mit der Zeit. Sie vermied es sogar, seinen Gedanken zu nahe zu kommen, um ihn nicht zu erzürnen. Immer auf dem Sprung, wieder umzukehren in ihren Worten, den Weg zurück zu laufen im Kopf, den er ihr vorgegeben hatte. Und in ihrer Mutlosigkeit begann sie für sich Briefe zu schreiben, dann ein Tagebuch. Erst zögerlich, später regelmäßig. Und irgendwann notierte sie alles, was er nicht hören wollte, was wahrzunehmen er ihr indes aufgetragen hatte. Nachdrücklich. Bericht für Bericht. Winzige Zeugnisse kontinuierlichen Verstummens. Grußlos und ohne Kommentar. Sie vermied es zu reden, sie vermied es zu schauen, sie lebte nur durch ihr Gehör. Geleitet von ihren einzigen Verbündeten, ihren Instinkten, drang sie so nach und nach in das Zentrum seiner Wünsche vor. Leise und behutsam. Ganz still. Unaufdringlich, ohne zu stören.

Seine Gefühle blieben ohne Schaden.

Gesamteindruck der Patientin: kraftlos und ohne Antrieb, starke Mattigkeit. Sie weist akute Vitalstörungen und psychosomatische Symptome auf: Schlaf- und Appetitlosigkeit, klagt ständig über Übelkeit, diffuser Druck und dumpfer Schmerz im Kopf. Mitunter spontaner Sprachverlust. Zunehmende Fixierung und Einengung der Gedankeninhalte.

Und dann die Geburt von Johanna. Familie, endlich Familie. Geschützt und umsorgt. Dreizimmerwohnung. Sanierter Altbau. Warmwasser. Der Umzug zwei Blöcke weiter. Für alles ist gesorgt. Nichts kann passieren.

Trotz fortlaufender Behandlung – zunehmende Tendenz einer Chronifizierung. Auslösendes Moment für den jetzigen Verlauf – mutmaßlich traumatische Veränderung der Lebenssituation. Psychosoziale Faktoren in der jüngsten Vergangenheit der Patientin für den ursächlichen Ausbruch der akuten Phase verantwortlich bzw. als dafür auslösend vermutet.

Bröckelnder Putz und Mörtel. Schmächtiger Efeu rankt verschlungen im Knöterich zwischen den ausgewaschenen Fugen der Ziegel und den Gittern der Fenster. An den Glasscheiben hinterlassen die Pflanzen gelbbraune Schleifspuren. Haltsuchende Wurzeln pressen sich gegen die Scheiben. Über die gekalkte Zimmerdecke huschen wachsende Schatten. An der Decke ein brauner Wasserfleck.

In ihren Gedanken sah sie ihn jede Nacht. Wie Johannes mit ihr über die Straße gegangen war, nach dem Kino. ›Karla‹; mit Jürgen Hentsch und Jutta Hoffmann. Blau das Schild, weiß der Pfeil. Einbahnstraße. Die Straße an jenem ersten Abend war leer und still. Es war ihr Sommer gewesen. Ihr erster Sommer. Andere Sommer folgten. Und sie erinnerte sich, wie gern sie mit ihm im Restaurant saß, wie sie anschließend die Straße überquerten, flanierend zum Bahnhof, und wie ihnen der Oberkellner nachgeschaut hatte. Später: Spaziergänge mit Kinderwagen. Johanna mit Eis in der Hand; Johanna auf dem Fahrrad. Ein schönes Paar – mit der Kleinen, ein Herz und eine Seele.

Ihr Herz raste vor Glück. Dann wurde sie ruhig. Ihre Stille kehrte zurück.

Sie erinnerte sich auch an die Abende zu Haus; all die Jahre; eine lange Zeit; wenn er kam und sie gemeinsam fernsahen – zu zweit. Auch Westen ... – »Iwan Denissowitsch« oder »Doktor Schiwago«. Wenn die russischen Störsender abwechselnd Ton oder Bild zerhackten und sie trotzdem schauten. Auch ohne Ton. Auch ohne Bild. Ras, dwa, tri ... Und sie sah sein Grinsen, ... schest, sjem, wosjem ... vielsagend und überheblich.

Und natürlich stellte sich jetzt, da sie daran dachte, dieser fatale Eindruck der Unterlegenheit wieder ein, für den sie ihn noch heute hasste, dieses großmütige Irgendwas an ihm, das sie erst sprachlos und später einsam machte. Unfähig, einen vernünftigen Satz herauszubekommen oder ihn mit seinen widerlichen

Forderungen zu verstehen. Mit seinen Neigungen, seiner Sammlung: den Zeitschriften, den Fotos, den Bildern, die er anhäufte und vor ihr versteckte. Sie erinnerte sich, wie er beim Essen zwischen den Zähnen pulte, wie er sie anschaute, wie er grinste, mit der Zunge schnalzte, sich im Schritt kratzte und anschließend mit der flachen Hand sein Glied zurecht rückte.

Wie unter Nebel drang der verlangsamte Ton seiner Stimme jetzt zu ihr durch: Du musst etwas für Dich tun, meine Liebe, hörst Du, Du musst etwas tun, flüsterte er, Du wirst langsam fett. Verhaltenes Lachen … ein Spaß. Du verstehst doch? Nur ein Spaß …

Sie lag in ihrem Bett, besitzlos, wie ohne allen Eigentums.

Die Patientin wirkt mehr und mehr versteinert. Kaum noch ansprechbar. Verweigert häufig Psychotherapie und Einnahme der Medikamente. Unerschütterliches negatives Selbstbild mit zwanghaft depressiven Schuldvorwürfen. Verdacht auf beginnende Katatonie. Behandlung: Wechsel der medikamentösen Therapie. Elektrokrampftherapie.

Und dann, etwas später, und nicht ohne das Gefühl unzulässigen Theaterspiels, sah sie sich ihm um den Hals fallen, ihrem Johannes. Das Ticken der Uhr am Gelenk. Das Haar im Gesicht. Ein fremdes Parfüm. Zurück von der Dienstreise? Wie früher einmal, dachte sie, wie früher, als wir noch Freunde gewesen waren. Damals hatte er gelacht über ihren Hang zur Rührseligkeit. Und sie hatte ihm sein Lachen geglaubt.

Seit Tagen aß sie nichts mehr. Sie fürchtete, auch hier ertappt zu werden. Jeden Tag aufs Neue. Sie hatte gelernt. Sie hatte sich eingerichtet. Sie wusste, ihr Haar zerfiel langsam zur Glatze. Sie sah in den Spiegel und verstummte. Aufgeschwemmte fremde Fratze, dachte sie. Wie sie dieses Gaffen hasste, dieses Sich-selbst-

Beäugen. Dieses Zweifeln. Hier bleiben und ruhen zu dürfen, bedeutete für sie den einzigen Wert ihres Lebens.

Aber was, dachte sie zuweilen, wenn sie tatsächlich nur hier war, geborgen und verwahrt, damit sie nicht bemerkte, dass sie eingeplant, längst erwartet worden war? Wenn auch dies sein Werk und seinem Kopf entsprungen war?

Er kam immer seltener zu ihr nach Haus. In die Klinik – fast nie.

Irgendwann ertrug sie seine Anwesenheit nicht mehr. Seine Art sich zu bewegen, seine Geräusche beim Essen, sein Kauen – alles schmerzte. Es bereitete ihr körperliche Pein, ihn neben sich riechen zu müssen.

Die scharf gezogenen Falten in ihrem Gesicht und den verbrauchten Glanz ihrer Augen hatte er längst aus seinen Augenwinkeln heraus fixiert, wie ihm auch der wachsende Fettansatz um ihre Hüften nicht entgangen war, während seiner seltenen Besuche. Gesagt hatte er nichts. Nichts zu ihr, nichts von sich – nichts von dem Grund seines Kommens.

Damals, dachte sie, im August, als es heiß war …

Ein umfassendes Persönlichkeitsbild der inoffiziellen Mitarbeiterin konnte in den letzten Monaten von der Quelle nicht erarbeitet werden. Aus der laufenden Berichterstattung des IM »Lili Zukunft« ergeben sich für die konkrete Bearbeitung keine besonderen perspektivvollen Materialien. Es ist festzustellen, dass sie nur solange umfassend zu relevanten Objekten berichten kann, solange zu diesen Intimkontakte bestehen. Häufig wechselnde Männerbekanntschaften sind darüber hinaus nicht zu verzeichnen. Zur Zeit erscheint die inoffizielle Mitarbeiterin verstört, da sie den Mitarbeiter »J.« mit einer anderen Frau gesehen haben will (Ehefrau). Die Legende des operativen Mitarbeiters ist somit in Gefahr, weil seine Dienstreisen als Vorwand gesehen werden, die andere Frau zu treffen. Auch weigert sich die inoffizielle Mitarbeiterin, weitere operative Aufträge im Objekt »Lerche« auszuführen. Bislang war der IM »Lili Zukunft« gegenüber dem operativen Mitarbeiter »J.« ehrlich und aufgeschlossen. Die Ehrlichkeit drückte sich darin aus, dass sie ihm über alle Kontakte und Beziehungen berichtete. Außerdem willigte sie auf Anfrage schriftlich ein, dass die Tochter Johanna durch den Mitarbeiter »J.« unserer Diensteinheit als Kandidatin geworben werden kann. Die Wahrung der Konspiration wurde vom IM stets eingehalten.

Sattes Blau am Himmel. Und plötzlich war diese grenzenlose Unbeschwertheit in ihr. Ihre Stille kam zurück. Ihr Schlaf war traumlos. Und das Gefühl von Weite und Morgenfeuchte in ihr, von Geborgenheit, salzigem Meerwasser, Düne und Sand. Urlaub an der Ostsee: Boltenhagen, Zierow, Poel. Vergessene Bilder kehrten zurück. Und nur die Vorstellung, dass er wieder ein anderer sein könnte, ihr Johannes, ein ganz und gar anderer: ein anderer Mann, namenlos, der aus dem Meer steigen und zu Stein, zu Salz würde oder dass er wieder ihre Straße herauf käme, mit der anderen Frau, dass er, bald fließendem Wasser, bald klitschendem Seetang gliche, dass er sich spiegelte vor ihr, sich verdoppelte oder dass er einging in ihr, in ihr lagerte, sie ausfüllend, besetzend, diese Vorstellung ekelte sie, nahm ihr die Luft, würgte sie und ließ sie auf die Bodenfliesen der Duschzelle erbrechen.

Es war morgens. Der siebte August. Ein heißer Tag, als er plötzlich vor mir stand. Glutheiß. Es war sonntags. Neun oder zehn Uhr. Weiß nicht genau; weiß bis heute nicht, wo er wirklich herkam, in seinem hellen Hemd und seiner grauen Uniform mit der fremden Frau im Arm. Suchte wohl etwas.

Weiß nichts. Nichts von ihm und auch sonst – gar nichts.

Und was ich einmal glaubte, gewusst zu haben, von ihm und von mir, ganz sicher gewusst – war Täuschung, Plan oder …

Der Versuch muss als gescheitert angesehen werden.

Patientin mit paranoider Psychose und abnormer Persönlichkeitsentwicklung …

Grassierender, depressiver Schuldwahn …

Hypersensible Wahrnehmung ihrer Umwelt …

Stetige Zunahme geistiger und motorischer Störungen …

Aufgebaute Identitätsstruktur nicht oder kaum verinnerlicht.

Verweigert jede Form der Mitarbeit …

Wahrscheinlich schon vor Behandlungsbeginn …

Überführung notwendig ….

Integration fraglich …

12

(...)

– *Johannes fehlt.*
– *Es braucht Zeit, ehe sich die Bilder fügen.*
– *Alles an ihm scheint absurd ...*
– *alles ist widersprüchlich.*

Johannes

Im Tharandter Forst, in dem kleinen Kurort Hartha, ein wenig abgelegen von der Straße nach Dresden, kam während der ersten Wochen des letzten Weltkrieges ein Junge zur Welt, der von seiner Mutter auf den Namen Johannes getauft wurde. Der Vater des Knaben war als nicht sesshafter Gleis- und Waldarbeiter in der Gegend kein unbeschriebenes Blatt mehr. Gerüchte kursierten, die ihn als wilden Zecher und Spieler auswiesen. Auf zahlreichen Festen zwischen Freital und Freiberg war er vom Frühjahr bis zum Spätsommer stets mit neuen Frauen gesehen worden. Unerfahrene Mädchen, kaum volljährig.

Kurze Zeit nach dem dritten Geburtstag des Jungen verschwand der junge Mann über Nacht spurlos.

Im Winter 1942/43 trat an die Stelle des leiblichen Vaters der bereits in die Jahre gekommene SA-Standartenführer S. Dem unehelichen Kind versuchte er fortan mit Strenge und vor allem mit Ordnung ein ebenso guter Vater zu sein, wie er der jungen Mutter ein zwar unduldsamer, aber dennoch treuer Mann war. Nach Kriegsende kam S., auf Grund seiner Führungsqualitäten und seiner Verwaltungskenntnisse, durch Vermittlung alter Freunde aus dem Gau, für einige Zeit bei der Deutschen Reichsbahn in Bad Schandau unter. Uniformen standen ihm gut, mit Zahlen wusste er umzugehen. Erst Jahre später musste er für seine früheren Taten einiges erdulden.

Als Johannes gerade erwachsen wurde, hatte sich durch eine offizielle Überprüfung aller Amtsstuben gezeigt, dass der Mann, dessen Sohn er zu sein glaubte, in Wahrheit ein schäbiger Mitläufer und elender Verbrecher des alten Systems war, während sein richtiger Vater, ein schwadronierender Frauenheld und erfolgreicher Heiratsschwindler, sich mutmaßlich in den Westen abgesetzt haben sollte. Johannes war tief gedemütigt und litt mit seinen knapp sechzehn Jahren heftig. Kaum aus der Schule wollte er von Mutter und Vater nichts mehr wissen; ihre Verschwiegenheit waren ihm Treulosigkeit und Verrat. Damals trat er, wenn auch ohne großes Aufsehen, rasch und ohne zu zögern, in die Freie Deutsche Jugend ein, um die, wie er meinte, Schande seiner Herkunft mit einem blauen Uniformhemd zu bedecken. Dies gelang ihm zunächst. Im FDJ-Kader-Internat in Berlin-Bogensee wurde er zu einem gefügigen GOL-Sekretär ausgebildet. Zwei Jahre später meldete er sich freiwillig zur »ersten Arbeiter- und Bauernarmee« seines Landes. Es erwies sich, dass Johannes, jenes Vergehens des vermeintlichen Vaters eingedenk, zu der Überzeugung bereit war, durch seine Taten alles Unheil vergangener Jahre sühnen zu müssen. Johannes wurde Kandidat der Partei und nahm alle ihm übertragenen Aufgaben und Funktionen in der Armee widerspruchslos an. Noch während seiner Offiziersausbildung kam es indes zu ersten Ärgernissen an der Hochschule, weil Johannes mehrfach bei offiziellen Anlässen mit Bräuten oder Ehefrauen anderer Genossen nicht nur zusammen gesehen, sondern in unzweideutigen Situationen ertappt worden war. Dies entsprach nun in keiner Weise der sozialistischen Moral, wie sie im Polit-Unterricht täglich vermittelt wurde. Böse Gerüchte machten die Runde. Seiner unehrenhaften Entlassung entgegensehend wurde Johannes während einer erzwungenen Ausbildungspause im März 1962 von einem ihm bis dahin unbekannten Verbindungsoffizier seiner Einheit eine Verpflichtungserklärung vorgelegt, die auszuschlagen für ihn nicht in Frage kam. Johannes hielt es in den nächsten Monaten für geboten, jenem Mann regelmäßig über bestimmte Frauen und ihre Ehemänner, seine Stubenkameraden, zu berichten. Er gab indes von seinem geheimen Wissen stets nur so viel preis, wie die Sache selbst für ihn nutzbringend war. Als der Rock der Nationalen Volksarmee immer mehr zur Gefahr für ihn wurde, weil in seiner Einheit wiederum Gerüchte über ihn kursierten, fand er einen schnellen Beitritt zu den Sicherheitsorganen ratsam. Zuvor musste er allerdings, einem Strafbeschluss der Einheitspartei folgend, für kurze Zeit »zur Bewährung in die Produktion«. Die Konfliktkommission hatte zu seinem Wohl so entschieden. Wie Jahre zuvor Vater und Stiefvater arbeitete er einige Monate bei der Deutschen Reichsbahn im Gleisbau. Nach zwölf Monaten wechselte er als moralisch geläuterter, operativer Mitarbeiter die Dienststelle. Von nun an widmete er sich ganz und ausschließlich der Anwerbung inoffizieller Mitarbeiter und Mitarbeiterinnen im Land. Fast dreizehn Jahre ging Johannes dieser Tätigkeit im sächsischen L. nach. Freiwillig arbeitete er an Abenden und an Wochenenden. Als in der Bezirksverwaltung jedoch ruchbar wurde, dass er mit einigen seiner Führung anvertrauten inoffiziellen Mitarbeiterinnen Intimbeziehungen unterhielt und sich zudem die Gerüchte häuften, er könne Privat- und Dienstleben in keiner Weise voneinander trennen, wurde er zunächst mit einer strengen Abmahnung, letztlich jedoch mit einer Versetzung zur Abteilung Inneres des Rates der Stadt bestraft. Dort diente er sich, empfohlen durch alte Kollegen aus dem Bezirk, rasch zum stellvertretenden Abteilungsleiter hoch, der für die Genehmigung zur ständigen Ausreise von Bürgern ins nichtsozialistische Ausland verantwortlich war. Als Verbindungsmann zu seiner ehemaligen Dienststelle blieb er auch hier aktiv. Da jedoch seiner intensiven beruflichen Hingabe, den freiwilligen Überstunden und den unzähligen Nachtdiensten auch in seiner neuen Tätigkeit ständig misstraut wurde, schien es ihm ratsam, alsbald zu heiraten. Da er, wie sein Stiefvater, Sinn für Ordnung, für Zahlen und für Disziplin besaß, heiratete er eine zweiundzwanzigjährige Kollegin mit unehelichem Kind, die ihn widerspruchslos akzeptierte und ihm seine gelegentlichen Eskapaden stets großzügig nachsah.

Zur täglichen Arbeit von Johannes gehörte es fortan, ausreisewilligen Bürgern mit väterlicher Strenge einerseits die möglichen Auswirkungen ihres Begehrens – und mit unduldsamer Härte zum anderen die konkreten Folgen ihrer ungesetzlichen Handlung vor Augen zu führen. Seine Vorladungen waren gefürchtet. Seine Maßnahmen bekannt. Weit über seine Abteilung hinaus erarbeitete er sich hierin einen gewissen Ruf. In seiner Dienststelle und in der Öffentlichkeit. Fast über Nacht wurde er zum Herrn über Bleiben oder Gehen im Landkreis.

Gelegentlichen Gerüchten von Ausschreitungen und Übergriffen, die sich während seiner Vorladungstermine ereignet haben sollen, traten er und seine Mitarbeiter stets entschieden entgegen.

In den Mittagsstunden des 14. April 1987 stürzt sich, kurz nach einer der ungezählten Aussprachen mit ihm, die Inoffizielle Mitarbeiterin Deckname »Karin« vor einen fahrenden Personenzug. Zielort Wolgast/Ostsee. Seit sechsunddreißig Monaten, drei Wochen und vier Tagen ist Hauptmann Johannes S. mit dem Fall der Karin betraut. Von ihm ist sie ausgewählt, geworben und betreut worden. Er hat sie geschult und letztlich verpflichtet.

Eine offizielle Überprüfung wird nicht eingeleitet.

Johannes bleibt der Herr des gelben Zimmers.

Handakte zum GI Johannes 12/1965

Wie erst heute, am 14. Dezember 1965, in der angeordneten Aussprache mit dem GI Johannes bekannt wurde, gab es zwischen dem GI und seinem aus dem Operationsgebiet (Stuttgart) einreisenden leiblichen Vater bereits im April 1964 einen direkten Kontakt. Diese Begegnung wurde den zuständigen Sicherheitsorganen der Kreisdienststelle Pirna seinerzeit nicht gemeldet. Der GI unterlag vom Oktober 1963 bis September 1964 einer Bewährungsmaßnahme der Partei beim Gleisbau Bad Schandau. Der GI gab sich beim damaligen Zusammentreffen nicht zu erkennen. Die Konspiration wurde gewahrt.

»Unverhofftes Wiedersehen«

Eigentlich konnte nichts passieren. Kein Zug war zu sehen – die Strecke frei. Absolut kein Grund zur Panik, dachte ich, bis es schrie.

»Halt! –

Was suchst Du, Alter?

He da – mach Dich weg. Runter von den Gleisen.

Steh auf – weg da!

Hier ist nichts. Hier gibt's nichts zu suchen. –

Deinen Sohn? Woher soll ich das wissen? Kenn ich nicht.

… in meinem Alter?

So groß wie ich? –

Ich kenn den nicht.

Mach schon!

Das kannst Du nicht bringen.

Versteh doch! … –

ich bin verantwortlich!

Das geht nicht.

Mach schon – hau ab!«

Der Streckenläufer am Bahndamm kam rasch herüber. Ein kräftiger Mann im regengrauen Lodenmantel. Den Kragen hochgeschlagen, ausladende Schultern, das Ölzeug über dem Arm. Große, mit Schwielen überzogene Hände. Gegerbte Haut, braungebranntes Gesicht mit wulstigen Augenbrauen. Kaum fünfundzwanzig. Sein Blick war streng. Er schien verärgert.

Ich störte.

Herablassend betrachtete er mich von Kopf bis Fuß.
»Komm Alter«, sagte er,
»steh auf – erheb Dich!
Das ist keine Nebenstrecke zum Pennen.
Kein Platz zum Aufwärmen.
Du musst verschwinden.
Hier gibt's nichts für Dich.
Gottverdammt – was weiß denn ich von Deinem Sohn?!
Woher soll ich den kennen?
Kenn nicht mal meinen eigenen.
Hau ab, Alter. Mach mir's nicht schwer.
Los, los!
Mach schon …
Weg da!
Hör auf, Dich festzukrallen.
Hör auf. – Pack Dich!«

Warum dies Geschrei, warum brüllt der nur so?, dachte ich. Was will der von mir? Bin ein alter Mann, bin zurückgekommen. Was soll ich schon suchen? Was wohl? Mein Gedächtnis ist nicht mehr gut, ich hab die Dinge vergessen. Wichtiges und weniger Wichtiges. Jahrzehnte ist das her, warum sollte ich nicht auch das vergessen haben? Sein Gesicht, den Ort, die Stunde, den Platz, als alles angefangen hat.

All meine Anstrengungen, mich an ihn zu erinnern, scheitern, wie alle Versuche gescheitert sind, wieder festen Boden unter die Füße zu bekommen. All die Jahre, die vergeblichen. In diesen Jahren des Suchens muss es gewesen sein, dachte ich, als ich erst ruhiger und schließlich schweigsam geworden war. Mehr als zwanzig Jahre ging das jetzt so. Es gab nichts zu erklären. Mir glaubte ja keiner. Den Sohn – den eigenen Sohn verloren? Das verunsicherte manchen – oder belustigte mitunter, wenn ich es erwähnte. Es beunruhigte nie. So verstummte ich allmählich. So schwieg ich – und fiel immer mehr ins Schweigen. Tag für Tag. Ein Leben durch Hören. Nur mühsam war mir die Erkenntnis gekommen, dass ich jetzt womöglich für meine Versäumnisse bezahlte. Für alles bezahlte, was ich ihm angetan hatte. Vor mehr als zwanzig Jahren. Er – mein Sohn, ich – sein Vater – das hatte genügen müssen. Über Jahre hinweg.

Ich hatte nichts mehr von ihm gehört. Seit einer Ewigkeit. Er war drei oder fünf, vielleicht. Danach sah ich ihn nicht mehr. Jetzt aber hielt sich das Gerücht. Hier und heute. Immer und immer wieder hatte ich davon gehört. Hier sollte er leben. Hier, an diesem trostlosen Ort ginge er seinem Tagwerk nach, eine Parteistrafe, sagte man mir. Rangierer oder ähnliches. Nicht verheiratet – einen Sohn. Unehelich – mag sein. Mehr konnte ich nicht sagen. Mehr wusste ich nicht. Gott ist mein Zeuge.

»Was ist nun, Pockengesicht?«, schrie der Streckenläufer ungehalten.

»Mach, dass Du wegkommst, verdammt!
Kapier doch … –
Ich bin verantwortlich. Ich muss rangieren.
Hier ist sonst keiner.
Schaffner oder Rangierer? –
Was weiß denn ich von Deinem blöden Sohn?
Ich kenn' ihn nicht.
Basta.
Keine Ahnung, mein Alter.
Was weiß denn ich.
Du kannst hier nicht bleiben.
Lass ab.
Die Züge – Du verstehst?, die Züge.
Von hier nach da.
Ich bin verantwortlich – ich muss sie einteilen.
Hör auf, Alter. Hock Dich woanders nieder.

Nimm Deine Pfoten weg und nimm Deinen Hut –
geh oder mach sonstwas …
Hier kannst Du nicht bleiben.
Hast Du verstanden?
Bei mir nicht.
Klar?«

Handakte zum IM Johannes 9/1987

Im Zusammenhang mit den über die Abteilung XX/7 koordinierten Maßnahmen zum OV Kohle bittet die Quelle im Rahmen des politisch operativen Zusammenwirkens mit der Abteilung Inneres um Durchsicht und Genehmigung des Briefes an den IM Lili Zukunft. Der Brief wurde von der Abteilung VIII konzipiert und der Quelle zur weiteren Bearbeitung überlassen. Um Quellenschutz wird gebeten.

Der Brief

meine liebe marlene,

wenn jemandem, der uns nahe steht, etwas passiert, büßen wir die schuld des verschontbleibens mit tausend quälenden gewissensbissen, es scheint, dass er in unserem leben einen noch größeren raum hätte einnehmen müssen. diesem gedanken entreißen wir uns mit bequemen ausflüchten: was kann ich denn dafür, oder – es wird schon nicht so schlimm kommen. nichts wird so heiß gegessen wie es gekocht wird. doch da wir niemals – auch nicht innerhalb der grenzen, die wir uns selbst gesetzt haben – unser möglichstes für den anderen tun, bleiben uns immer noch zweifel und selbstvorwürfe. immer haben wir uns nachlässigkeiten, unterlassungen und unachtsamkeiten zu schulden kommen lassen.

die nachricht, die mir überbracht wurde, traf mich schwer. sie hat dich aus deiner bahn und aus der starren vorstellung gerissen, in die ich dich gezwängt habe, in die ich scheinbar alle menschen zwänge, immer und immer wieder. in ihre von mir festgelegten rollen.

wieder einmal bin ich also auf mich hereingefallen. ich verschob das kennenlernen deiner probleme – in deiner arbeit und mit johanna – von einem tag auf den anderen, ohne zu bemerken, wie die zeit verrann, wie der sand unserer düne an der ostsee, einfach so, langsam, durch die finger hindurch zerrinnt. diese erkenntnis nagt an meinem gewissen, oder sagen wir besser, an meinen gewohnheiten, ohne diese jedoch ganz vernichten zu können. immer wieder ertappe ich mich dabei, wie ich wieder in die alte fahrspur gerate: mit meinen zweifeln geradeaus. ich trotte dahin und schwatze drauflos, bin fasziniert von den schauspielen auf der straße und dem theater der menschen untereinander. ich häute mich unablässig und lege die abgestreiften hüllen achtlos übereinander, ohne zu wissen, was bleibt von mir? ich bin gut geeignet für selbstkritik, vorausgesetzt, sie wird mir nicht aufgezwungen. doch was nützt es und wem nützt es, da jetzt alles zu spät ist. zu spät scheint. ich hätte ahnen müssen, dass sich hinter deinen sachlichen berichten und den übergebenen materialien der letzten wochen und monate mehr verbirgt als nur kleinliche probleme mit deiner arbeit, mit dem kind und der schule. für mich war an unseren tagen nur das äußere sichtbar, was ich greifen konnte. und, vor allem anderen: die abende und die nächte mit dir … was sich bei dir abspielte, welche qualen du durchlitten hast, wie es dich zerriss – ich sah es nicht. es existierte nur für dich allein. und vielleicht für johanna, unser kind. das ist meine schuld. und nun hast du eine schwere zeit vor dir. in der klinik und überhaupt. was geschehen ist, ist geschehen. keiner hat das gewollt. deine hoffnung ist nun alles, was dir bleibt. lass deine arbeit nicht umsonst gewesen sein. es ist unsere arbeit. schöpfe aus ihr deine kraft, dann haben alle schmerzen einen sinn. deine zweifel musst du bekämpfen. immer wieder bekämpfen. wenn du sie meisterst, meisterst du auch das leben.

mir bleiben die gewissensbisse und der wunsch, dass du durch unsere gemeinsame aufgabe und durch deine feste überzeugung, um das altmodische wort ›glauben‹ nicht zu strapazieren, über alles hinwegkommen wirst. das du die zeit als prüfung durchlebst. als glaube an unsere sache.

für mich bist du ein ganzer mensch, meine kleine lili.

dein johannes

13

Beobachtungsprotokoll zu Robert K.

21.02.1989: 08.02 Uhr
wurde das Objekt nach Verlassen seiner Wohnung in der Kohlenstraße zur Beobachtung übernommen. Die Vorgangsperson begab sich zur PGH Backwaren in die Körnerstraße. Das Objekt grüßte die Verkäuferin mit Handschlag und sprach mit ihr mehrere Worte.
08.12 Uhr
verlässt das Objekt die Bäckerei mit einer Tüte und geht zur Haltestelle Eisnerstraße.
08.23 Uhr
begrüßt das Objekt zwei unbekannte männliche Personen an der Haltestelle. Personenbeschreibung: Erste Person etwa 30 Jahre, langhaarig, Nickelbrille, Parka. Zweite Person etwa 25 Jahre, kurzes Haar, Vollbart, Jeansjacke und grüne Umhängetasche.
08.25. Uhr
Das beobachtete Objekt übergibt zwei Bücher und steigt vier Minuten später allein in die Bahn Richtung Stadtzentrum.
08.30 Uhr bis 08.47 Uhr
sitzt das Objekt im ersten Wagen direkt hinter dem Fahrer. Während der Fahrt spricht die Vorgangsperson mit niemand.
08.48 Uhr
verlässt das Objekt an der Haltestelle Leuschner-Platz die Bahn und begibt sich zu Fuß direkt zum Neuen Rathaus, Abteilung Innere Angelegenheiten.
09.02 Uhr wurde das Objekt an die AI übergeben.

– *Von Mama haben wir bislang geschwiegen. Die gesamte Zeit.*
– *Warum sprichst Du nicht weiter?*
– *Trotz allem, was ich gehört habe, ist Mama wie hinter einem Schleier. Ein blasses Bild – ich erkenne sie kaum. Ich brauch' ihr Gesicht ….*
– *Was mir bleibt, ist Dein Schuhkarton, angehäuft mit Erinnerungen. Ihr Lachen – auf schwarz-weiß gebannt; hier ein Blick in die Kamera, dort eine Pose, gestellt mit Dir. Verkrampfte Kinder. Du, vertraut; Mama, seltsam fremd. Erwachsen geworden vor der Zeit. Fotos, Briefe und Postkarten von ihr – an Dich adressiert. Verstaubt und vergilbt. Auch das bleibt. Und für mich … ihr altes Puppenhaus. Über die Jahre gerettet von Dir. Ansonsten – Dein Schweigen. Kein Wort gegen Mama, aber auch nichts über sie. Von keinem ein Wort, wie wenn alles gelöscht wäre über Euch.*
– *Da ist nichts für mich.*
– *Fast nichts.*

Maria

Der Winter schlug seine weißen Flügel über die Stadt und hielt sie fest unter seinen Schwingen. Schnee war gefallen und verlor sich im Boden wie grauer Teig; nur auf dem Asphalt blieb er liegen. Eisige Luft, glasklar, dazwischen vereinzelte Schauer. Werkstätten mit fensterlosen Fassaden. Gerahmter Glasbaustein, in Würfel gegossene Blindheit. Die Türen fachgerecht vernagelt. Hinter der Weberei ragten Bäume in den Himmel. In sich erstarrte Säulen ohne Hinterland. Weiß schwarz; Pfeffer und Salz. Gefrorenes Gezweig, umkreist von verlorenen Vögeln: Amsel und Bussard. Zielloses Treiben und Jagen unter dem Gewölk. Darunter, ab und an, weit auseinandergezogen, enthauptete Telegraphenmasten. Ohne Kabel, ohne Leitung und ohne Isolatoren. Gedämpfte Geräusche aus der Ferne: knatternde Auspuffe oder Presslufthämmer. Der Geruch von kalter Asche und Ammoniak lag über dem Hof; am Gully hatte der Frost das Wasser in Ketten geschlagen; kein einziger Tropfen sickerte mehr ab. Der aufgeworfene Schnee blendete; – ohne ihn wäre es dunkel geblieben an diesem Tag.

Da ist einer, der Termin hat. Ein junger Mann, hager und blass, stehend im Hausflur zwischen Müllkübel und Einfahrt. Steht dort und friert. Einfach so. Ihm ist seltsam im Kopf. Alles dröhnt dumpf; er weiß nicht warum. Es ist Dienstag. Ein gewöhnlicher Dienstag wie andere auch. Kälte kriecht unter sein Hemd, in Hose und Schuhe. Sein Gesicht – ganz schmal und ganz bleich; die Füße schmerzen, verweigern den Dienst.

Auf seinem Weg über die Höfe begegnete ihm niemand. Unbemerkt verließ er Haus und Viertel. Vor drei Wochen hatte er die Vorladung erhalten: Einschreiben mit Rückantwort, wie immer, dachte er, mit roter Antwortkarte. Und heute war Termin. Klärung eines Sachverhaltes, hieß es auf dem Vordruck; Datum und Uhrzeit waren mit Fettschrift vermerkt. Handschriftlich die Notiz: Dringend! Identitätsbescheinigung ist mitzubringen. Unterschrift: unleserlich. Mehr war nicht geschrieben. Kein Zusatz.

Seit Jahren kannte er dieses Spiel. Das gelbe Zimmer: Nach Stunden des Wartens würde ihm entweder ein neuer Termin gegeben oder er würde bereits zuvor, in einem der ungezählten Sekretariate oder Büros umständlich nach seinen Personalien befragt: dem Namen, dem Vornamen, nach Geburtstag und Geburtsort, nach seiner jetzigen Tätigkeit, dem erlernten Beruf und der gegenwärtigen Arbeitsstelle und so weiter und so fort. Irgendwann – spät am Abend vielleicht – würde er möglicherweise in einem der Nebenräume vorgelassen und befragt, bevor er dann wieder gehen durfte. Das Sprechzimmer hinter dem gelben Zimmer bliebe ihm verschlossen. Wie immer, wie an jedem Dienstag.

Seit einundzwanzig Tagen drehte und wendete er die Karte. Erst zwischen den Fingern, später im Kopf. Beständig hatte er die Vorladung gelesen. Immer und immer wieder. Die Schrift, dachte er, die Handschrift; er war sich unsicher, er glaubte sie zu kennen.

Die Klingel läutet durch die Bahn. Nächste Haltestelle: Karl-Liebknecht-Straße. Noch drei Stationen bis Leuschner-Platz. Die Bahn fährt an, rasch fliegt der Winter vorbei. Draußen, diesige Schwaden, vermischt mit Eis und Schnee. Hin und wieder winkende Hände. Erstarrte Gesichter, selten ein Lächeln. Einmal ein nachgesandter Kuss. Alles zieht gleichmäßig vorbei. Und an den Scheiben kleben die Nasen der Kinder. Manchmal stehen fünf

Finger daneben. Große und kleine Finger, einzeln oder zusammen. Ganz verschmiert oder ganz deutlich. Die Scheiben erkennen die Kinder an ihren Nasen, so wie der Fußboden die Schuhchen kennt. Jeden einzelnen Abdruck. Abgetretene Skizzen des Morgens. Erfrorene Augenblicke. Auf den Mützen und in den Haaren klebt Frost. Er macht die Köpfe kühl und die Ohren rot. Nicht nur bei den Kindern. Allein die Augen bleiben wach. Sie sehen die Stadt und die Menschen und die Verzweiflung. Die Augen reden nicht viel, außer wenn sie weinen. Dann werden sie nass und sehen das Ende der Stadt nicht mehr, nur die Häuser und den Schnee auf den Dächern. Die Masten der Oberleitung werfen Eis auf die Schienen und die Augen werden müde. Und wenn die Augen müde werden, sind die Ohren und Köpfe noch immer kühl. Die müden Wimpern tanzen dann auf und ab und die Augen werden schmal. Sie kämpfen von Haltestelle zu Haltestelle gegen das Weinen, während die Füße auf dem Boden ruhelos scharren.

Wie wehrlose Marionetten sind die Kinder in ihre Sachen gesteckt. Anorak, Thermohose, Mütze, Schal und Pullover. Die Handschuhe fehlen.

Er sitzt auf dem Platz hinter der Fahrerkabine und sieht den Kindern und ihren Müttern beim Ein- und Aussteigen zu. Genervtes Gedränge, derbe Worte, selten Gelassenheit. Normalerweise vermied er es, sich an Plätzen wie diesen aufzuhalten. Und selbst der kurze Moment zwischen dem Klingeln, dem Schließen und dem Öffnen der Türen lag schwer wie Blei auf seiner Brust. Ließ ihm kaum Kraft zum Atmen. Auftauchen, auftauchen, nur noch einmal auftauchen, um Luft zu holen; raus aus dieser Enge, dieser Einfalt. Die Bahn stand. Die Türen öffneten sich. Einsteigen, aussteigen. Kurzes Klingeln. Ein Rucken – dann Abfahrt. Noch zwei Stationen bis Leuschner-Platz.

Er dachte jetzt an Maria. Ihr Haar steht ihm wieder vor Augen wie ihr Gesicht und ihr Lächeln. Für einen kurzen Moment ist ihm warm. In Gedanken versunken, sieht er sie, wie sie zu Haus durch die Glastür kommt, eine Flügeltür, das Glas mit Facettenschliff, wie sie den Salon betritt, am frühen Morgen, noch halb schläfrig und ganz benommen, wie sie sich unbeobachtet wähnt, für einen kurzen Moment, zerbrechlich – nur im Negligé, wie sie sich setzt und sich wärmt an dem grünen Kachelofen mit den eingelassenen Ornamenten, die Hände nach vorn ausgestreckt und mit den Fußzehen die lauen Kacheln berührend.

Er schloss die Augen. Er konnte sie riechen, jetzt, in diesem Augenblick, ihre Haut, ihr Haar, ihr Parfüm, noch immer riechen, nach all den Jahren.

In Situationen wie diesen hätte sie ihn ausgelacht. Wenn er sich anstellte, wenn er bockig und starrköpfig war wie ein Bourique. In der Straßenbahn, im Zug, im Krankenhaus oder in einer Dienststelle, einer beliebigen Dienststelle – bei irgendeiner Behörde. Mit ihren unsichtbaren Antennen hätte sie, gleich einem empfindlichen Seismographen, die Nachricht lange im voraus empfangen, wenn er sich wieder einmal scheute, den Plätzen zu nahe zu kommen, die die Gefahr in sich bargen, fremde Menschen treffen zu müssen oder ungefragt mit ihnen in Berührung zu kommen.

Ihr Lachen fehlte ihm wie ihm Maria fehlte. Einfach fort, einfach weg, dachte er. Schmerzvolle Erinnerung an winterlose Jahre, in denen die Sonne nicht kalt über dem Land schwebte. Als der Frühling früh, der Sommer pünktlich, der Herbst zeitlos und der Winter kaum Winter war, sondern nur mild, versponnen oder verträumt.

Zu Haus war ihr Bett auch im Winter stets warm geblieben. Er wusste nicht mehr, wie oft er unter der Decke ihren Duft und ihre Wärme gesucht hatte, obwohl sie seit Stunden außer Haus war. Zur Arbeit oder sonst wo. Einfach fort – einfach weg, verschwunden, hinter der geschliffenen Glastür. Ihre Nähe konnte er auch dann noch spüren, noch greifen, noch riechen. Ganz fein und ganz nah.

Allein Maria war zum Zentrum seiner Traurigkeit vorgedrungen; hatte seine Müdigkeit und seine Bitternis besiegt. Ihr Lachen und ihre Fröhlichkeit hatten ihn entwaffnet. In ihrer Nähe war alles Schwere von ihm gefallen: Sein Schutzschild, seine Rüstung, sein Panzer. Verrat gab es überall, das wusste er, Liebesverrat aber verjährte nie. Das hatte sie ihn gelehrt. Sie hatte geschafft, was zuvor kein anderer geschafft hatte, kein Mann und erst recht keine Frau: Er hatte sich geöffnet. Sich einem anderen Menschen geöffnet. Sich anvertraut. Bedingungslos und mit offenem Visier. Sie kannte seine Geheimnisse, die verborgenen und die weniger verborgenen; sie wusste von seinen Plänen und sie hatte Kenntnis von seinen Wünschen. Sie hatte ihm mitunter stundenlang zugehört und ihm ihre Stimme geliehen, wenn er sie brauchte. Beständig und immer und immer wieder. Täglich – über Jahre hinweg. Seine Versuche, sein Innerstes offen zu legen, waren, nach Maßgabe dessen vollendet, was ihm zu erreichen möglich war. Irgendwann, nach und nach, war es ihm ein Herzenswunsch geworden, ihr alles zu berichten. Von seinen Gedanken wie von seinem Tagwerk zu erzählen. Nur keine Restbestände mehr. Alles musste heraus.

Allein sie war ihm geblieben. Schutzlose Übergabe seines Selbst. Schonungslos. Bis in den Mittelpunkt seiner Phantasien und seiner Träume hatte er sie mitgenommen auf seiner Reise, wenn sie beieinander lagen, sich küssten, sich umarmten und sich liebten. Sich endlos liebten. Miteinander verwoben. Wenn er in sie eintauchte und sie ihm Erlösung schenkte. Lust und Zärtlichkeit waren ihm erschienen wie eine gewährte Gnade; ihre Liebe – eine Fügung, gottgewollt und gottgewünscht. Fast eine Wiedergutmachung für jahrzehntelange Traurigkeit, glaubte er.

Und auch sie hatte sich ihm in einer Weise geöffnet, wie er es nie zuvor bei einer Frau erlebt oder wie er es auch niemals sonst von anderen Paaren gehört hatte. Sie fehlte ihm. Er konnte nicht sagen wie sehr.

Die Bahn kreischt und legt sich in die Kurve, stürmisches Klingeln, scharfes Bremsen. Die Räder schreien auf den Schienen. Die Bahn kämpft gegen die Fahrt. Mützen und Schuhchen rennen zwischen Taschen und Mappen. Mütter halten die Kinder, der Fahrer hält die Bahn und die Bahn hält in der Kurve. Ein müder Passant, unachtsam oder lebensmüde. Derbe Flüche eilen dem Trunkenbold nach. Taumelnder Kopf, schwankende Beine. Seine Nase ist rot, sein Gesicht blass. Blass schüttelt der Fahrer den Kopf. Sanftes Klingeln, behutsames anfahren. Niemand geht durch die Bahn, niemand steht an der Tür. Die Kinder sitzen wieder auf ihren Plätzen, ihre Nasen reiben die Scheiben wach. Die Mützen hüpfen im Takt der Bahn. Nichts ist passiert. Nur an den Schuhchen klebt die Angst des Morgens. Verlassene Häuser huschen vorbei wie graue Gestalten; sie reisen zurück in den Süden der Vorstadt. Dort ist es wärmer.

Nächste Station – Leuschner-Platz.

Da ist ein junger Mann, der Termin hat. Es ist Dienstag. Ein gewöhnlicher Dienstag wie andere auch. Der Mann sitzt im Zimmer und wartet. Das Zimmer ist gelb wie das Nikotin an den Wänden und das Licht der Lampe. Alles ist gelb. Selbst die anderen, die mit ihm warten, sind gelb. Im Gesicht und im Blick. Es sind nicht viele Augen, die Termin haben – an diesem Morgen. Und in allen Augen steht die Stunde. Die Minuten verweigern sich. Die Sekunden beginnen nicht. Kälte kriecht in die Zeit, denn auch die Zeit ist gelb wie die Augen. Und die gefrorene Zeit macht die Köpfe stur und die Herzen rasen. Im Herzen aber kleben zertretene Träume. Bruchstücke von gestern, von vorgestern und von vor einem Jahr.

In dem Augenblick als sich die Tür öffnete, schirmte er mit der Hand das Tageslicht ab, das plötzlich das gelbe Zimmer flutete. Drei Schritte ging er in das Sprechzimmer und nannte, ohne ausdrücklich aufgefordert worden zu sein, seinen Namen und seine Anschrift. In der Hand noch immer den provisorischen Ausweis, die Identitätsbescheinigung und die Vorladung. Blau die Schrift, weiß das Papier. Ein Mann in Uniform und Stiefeln stand lächelnd etwas seitlich der Tür, ein zweiter lehnte hemdsärmlig an einem der vergitterten Fenster und rauchte Zigarre. Beide trugen Pistolen an ihren Gürteln. Das Sprechzimmer wirkte wie ein langgezogenes Handtuch, ein Bahnhofskorridor mit hohen Türen und schmalen Fenstern. Fahnen und Wimpel zierten die Wände des Büros ebenso wie das Porträt des Mannes, dessen Bildnis er seit Jahren kannte: einzelne Haarsträhne, stechender Blick hinter einem Wald aus Augenbrauen. Fleischige Nase mit tief in die Stirn gegrabener Falte. Verbitterter Mund. Schwere Samtvorhänge säumten die Fenster. Ein abgesägter Vierkant diente als Ersatz für den fehlenden Griff. Verschraubtes Doppelfenster mit Flügeln. Darüber – mechanisches Oberlicht, Abrollrad und Gliederkette. Getrocknete Wasserflecken an der Decke. Bröckelnde Farbe, verwelkter Stuck. Am Fußbodenrand gelbbraune Fließen. Hier und dort klaffende Risse, herausgebrochene Ecken, notdürftig geflickt. Mehrfach übereinander gelegte Teppiche dämpften alle Geräusche in dem Zimmer, das zu betreten ihm bislang nicht erlaubt worden war.

Möbel gab es kaum. Ein eher düsteres, schmuckloses Büro, dachte er, ein Sprechzimmer wie andere auch, schmutzig und verkommen. In einer hinteren Ecke des Raumes, verdeckt durch einen wuchtigen Schreibtisch aus Eiche, saß eine dritte Person in Zivil. Kaum zu erkennen, abseits von den anderen, fast im Dunkeln des Korridors. Eine Frau, nicht groß, fast zierlich, mindestens aber schmal. Sie schrieb in einer Akte und ließ sich in ihrer Arbeit von ihm nicht stören. Bislang schien sie ihn nicht zu bemerken oder aber sie ignorierte ihn wissentlich. Ganz langsam vervollständigte sie die Aufzeichnungen. Ihre Hand führte den Stift behutsam übers Papier. Ein Füllfederhalter, Kolben oder Patrone, dachte er … auf die Entfernung war dies nicht zu erkennen. Fast malte ihre Hand die Buchstaben. Vielleicht eine Protokollantin, dachte er.

Einer der beiden Männer referierte jetzt seinen Namen. Leise, mit gedehnten Worten, Silbe für Silbe betonend, fast flüsternd. Dennoch dröhnte ihm der Kopf; das einfallende, gleißende Licht blendete jetzt frontal wie ein Scheinwerfer. Sie werden mich nicht hier behalten dürfen, das können sie nicht tun, sie werden mich gehen lassen müssen, sie können nicht …

Wie zur Bestätigung wiederholte er Sekunden später seinen Namen; Ausweis und Karte gab er willenlos ab, nachdem danach verlangt worden war.

Die Vorladung, dachte er plötzlich wieder, die Schrift, die geschwungenen Züge, die gleichmäßige Form … die Kalligraphie …

Nacheinander betrachteten die Männer Vorladung und Ausweis; sie drehten und wendeten die Papiere. Vielsagend lächelten sie sich zu, sagten jedoch kein einziges Wort. Eine viertel Stunde war bereits vergangen, ohne dass bisher mit ihm gesprochen worden war. Über den Grund seines Kommens, zum Kern der Befragung oder über die Sache, die es formal zu klären galt.

Im Halbdunkeln des hinteren Zimmerteils schrieb die Frau noch immer ihre Notizen auf das Formular. Mit ruhiger Handführung, Satz für Satz, Wort für Wort. Als sie fertig war, klappte sie die Akte zu und schraubte den Füllfederhalter zusammen. Vorsichtig, fast geräuschlos, etwas umständlich, etwas linkisch – mit leicht fahriger Bewegung.

Sie stand auf und näherte sich ihm behutsam.

Sie lief in das Licht – auf das Fenster zu, Schritt für Schritt, wie in Zeitlupe. Unmittelbar vor ihm blieb sie stehen. Sie baute ihren Oberkörper auf, fremd sah sie ihm ins Angesicht. Hallo Robert, sagte mit leicht unterkühlter Stimme Maria.

Archivauftrag zum Teilvorgang (05.12.1989)

Auf Grund ihrer politischen Vorgeschichte war Lisa B., Mutter der Vorgangsperson Maria B., 1981 für die Kreisdienststelle Leipzig kurzzeitig als IM-Vorlauf erfasst. Im Rahmen der Aufklärung stellte sich allerdings heraus, dass Lisa B. selbst Sympathisantin der politischen Untergrundtätigkeit ist und dass sie über ihre Tochter intensive Kontakte zu dem im OV Kohle bearbeiteten Personenkreis hat. 1982 wurde eingeschätzt, dass eine inoffizielle Mitarbeit mit ihr nicht möglich ist. Seither wurde sie als Teilvorgang im OV Kohle geführt und unter operativen Kontrollmaßnahmen gehalten.

Lisa B. gehörte am 04.12.1989 zu den Mitinitiatoren der Gruppe, die im Rahmen der sogenannten »Montagsdemonstration« rechtswidrig die Bezirksverwaltung der Staatssicherheit Leipzig besetzten und sich widerrechtlich Aktenzugang verschafften. Quellenschutz ist seither nicht mehr gewährleistet.

Epilog

Mein Hirn taugt nichts mehr, ich kann mir nichts merken. Hab' einiges vergessen – um vieles is' es nicht schade. Jahrzehnte sind vergangen, aber eins hab' ich nicht vergessen. Die Trafos standen in Reih' und Glied. Haushoch in zwei Hallen. Vier mal vier Blöcke. Einer neben dem anderen. Sechzehn Riesen in Doppelreihen. Zelle an Zelle, je zehntausend Volt. Und dann der große Knall. Damals, im Nordtrakt an den Bahngleisen. Wir mussten rein. Halle B., Umspannwerk II. Wir beide, ich und der Hauptdispatcher.

Und wie eng der Treppenaufgang zur Station war, schlierig und dunkel. Und voller Scherben und Brocken vom Sheddach. Aber wir rein, mussten durch, abschalten und ihn rausholen.

Und überall roch es nach Verbranntem. Süßsauer. Den Geruch werd ich seit jener Nacht nicht mehr los. Werd' ihn einfach nicht los, seitdem.

Und als wir es Lisa sagten – 's hat mir fast das Herz zerrissen. Ich hab' es nicht vergessen, konnt' s nicht ertragen. Ehrlich. Hab' nie gedacht, dass ihr's soviel ausmachen würde.

Es hatte doch jeder 'mal was mit ihr. Mit der schönen Lisa, der rotgelockten. Die ließ doch nichts anbrennen.

Und jetzt, Jahre später, fällt es dem Weib plötzlich ein, ich hätte ihn krepieren lassen, absichtlich, damals, in der Halle.

Weißgott, die will mich vor'n Kadi schleppen, die kriegt das hin.

Dabei hab' ich ihr damals den Job bei den Russen verschafft. Fünfundfünfzig in Schlema, in der Zeche. Die kam doch mit ihren Alten aus 'm Osten. Von 'n Schlesiern – Königsberg, Pommern oder so. Damals war sie schon wieder dicke. Das zweite oder dritte Mal. Was weiß ich. Irgendeiner hatte sie angestochen. War kaum einundzwanzig und scharf wie 'ne Sense, das Luder. Wenn die morgens mit der Schicht kam, so im schneeweißen Pullover, mit den Möpsen, da drehten sich alle Köppe auf 'm Busplatz um. Da hat keiner gepennt. Wenn ihr Po vorbeiwippte, stand die Arbeit am Gleis. Da ging nichts mehr; da hat jeder geguckt.

Und schlucken konnte die. Die hat den Kumpeltod in sich reingeschüttet, als wär es Sekt oder Limonade. Und bei mir im Wohnheim hat sie sich das Zeug mal über' n Hals und über 'n Pullover gestürzt. War ihr wohl zu heiß damals. Hat gelacht dabei, nur so gelacht; und die zweite Flasche – über die Beine. Und dann hat sie verlangt, dass ich sie küsse. Gelacht hat die, gelacht und frech gegrinst. Immer nur so gegrinst. Bis ich ihr den Rock hochschob, immer höher, bis zum Zwickelansatz. Hat sich nicht gewehrt. Ehrlich. Die hat mir die Hose aufgeknöpft. Ganz gierig und geil. Konnt' s nicht erwarten. Und dann hat sie ihn hochgekriegt und ihn sich reingeschoben, die rothaarige Sau, die, und hat wieder gelacht dabei. Immer nur gelacht. Gelacht.

Und jetzt zeigt mich das Weib an. Zeigt mich an, wegen dem Hampelmann. War doch sein Pech, dass er strafversetzt wurde. Was kann ich denn dafür?

Klar, für's alte Umspannwerk am Stellwerk war der zu schlapp. Hält der nicht lang aus, hab' ich damals noch gesagt. Wie der schon aussah. Kein Mumm in den Knochen, der Schlappschwanz, das sah man doch. Ehrlich. An der Verteilerstation ist der 'mal umgekippt. Einfach so. Ich stand dabei. Der konnt' doch weder 'n Kabel schleppen noch 'ne Muffe richten. Und geredet hat der ja auch mit keinem so richtig. War sich wohl zu fein, der Herr Sekretär. Rausgeschmissen haben sie den, wegen der blöden Unterschriftensache, oder so, aus der Partei und aus allem. Und dann hat sie ihn genommen. Wollt ihn haben. Den Arsch. Wollt ihn unbedingt haben, damals. Die war ganz verrückt nach dem.

Sah elend aus, der Saftsack, als ich ihn unter 'n Kühlrippen hochhievte. Lag in der Zelle bei den Sammelschienen. War da reingegangen – einfach so. Warum auch immer. War nichts zu machen. War zu spät.

Was Lisa nur an dem fand, dem halben Hering? Ehrlich. Hätte doch ganz andere kriegen können.

Ich glaube, der hat nie kapiert, worum es eigentlich ging. Der hat immer noch an ein Missverständnis geglaubt. Ein Irrtum – oder so. Dabei hat doch jeder gewusst, was die damals von uns wollten. Ehrlich. Abnicken sollten wir in der Versammlung, als die vom Bezirk da waren. Hätt' er sein blödes Maul gehalten, wär' der ganze Zinnober vorbei gewesen und ich hätt' mich nicht um den Arsch kümmern müssen. Aber, nein, er konnt' ja seine Schnauze nicht halten. War selber schuld, der Battel.

Und dass der Kühlbehälter leckte, dass kann Lisa nicht beweisen, auch nicht die Sache mit dem Endverschluss. Die Protokolle sind längst verschwunden. Alles längst verjährt.

Nur Lisa war damals so komisch, als es passiert war.

Wir haben nicht mehr miteinander gesprochen seitdem. Lisa und ich. Sie ist dann weggegangen mit ihrem Bastard. Zu Kirchens oder so. Ins Altenheim, hieß es, oder in 'n Kindergarten, als Hilfsschwester.

Gesehen habe ich sie erst wieder, als ihr meine Alte die Tür aufmachte, letzte Woche. Ums Verrecken, dacht' ich noch, die ist kein Stück hässlicher geworden. Ehrlich. Immer noch rothaarig – und Pfeffer. Kam mir richtig schäbig und abgewrackt dagegen vor. Mir war's gleich ganz heiß, nach all den Jahren. Und meine

Alte, die witterte gleich was. Wird doch immer gleich misstrauisch bei 'n Weibern. Aber als Lisa nicht reinkommen wollte, da war mir klar, dass sie nicht wegen der alten Zeiten gekommen ist oder um mit mir einen zu bechern. Hat mir ohne viel Worte zu machen 'n Dutzend Kopien in die Hand gedrückt und is' gleich wieder gegangen. Hundert Seiten oder mehr. Keine Ahnung, wie sie da rangekommen is'. Drecksberichte, blöde. Was weiß denn ich? Maßnahmeplan, Treffbericht, Deckname? Scheiß Dinger. Kann ich doch nichts dafür. Ehrlich. Musst' ich doch schreiben. Ging ja nicht anders. Weiß doch jeder, wie es war. Musst' ich machen. Wirklich. Ging nicht anders. Ehrlich. War halt so.